講談社文庫

# 上海

## 交代寄合伊那衆異聞

佐伯泰英



講談社

# 目次

交代寄合伊那衆異聞

# 上海

## ◆『上海——交代寄合伊那衆異聞』の主要登場人物◆

- **座光寺藤之助為清《ざこうじとうのすけためすが》** 信州伊那谷《いなだに》千四百十三石の直参《じきさん》旗本・交代寄合《こうたいよりあい》座光寺家当主。二十二歳。信濃《しなの》一傳流《いちでんりゅう》の遣《つか》い手。長崎伝習所剣術教授方として幕命により長崎に赴任。
- **高島玲奈《たかしまれいな》** 長崎町年寄・高島了悦《りょうえつ》の孫娘。射撃や乗馬、操船も得意。藤之助と恋仲に。
- **酒井栄五郎《さかいえいごろう》** 千葉周作《ちばしゅうさく》道場で藤之助と同門。長崎海軍伝習所の入所候補生。
- **一柳聖次郎《ひとつやなぎせいじろう》** 大身旗本の御小姓番頭《おこしょうばんがしら》の次男。海軍伝習所の入所候補生。
- **能勢隈之助《のせくまのすけ》** 海軍伝習所の演習中の事故で左手首を失うが密かに出国。欧州へ向かう。
- **勝麟太郎《かつりんたろう》（海舟《かいしゅう》）** 幕臣。海軍伝習所の第一期生で重立取扱《じゅうたつとりあつかい》。
- **永井玄蕃頭尚志《ながいげんばのかみなおゆき》** 長崎伝習所初代総監。
- **陣内嘉右衛門《じんないかえもん》** 老中堀田正睦《ほったまさよし》配下の年寄目付《としよりめつけ》。藤之助の技倆《ぎりょう》をよく知る。
- **大久保純友《おおくぼすみとも》** 大目付宗門御改《しゅうもんおあらため》。長崎で隠れきりしたん摘発の三番崩れを指揮した。
- **バッテン卿《きょう》** 出島《でじま》で藤之助と剣を交えた洋剣の遣い手。阿蘭陀《オランダ》貴族。
- **岩城和次郎《いわきわじろう》** 長崎奉行所産物方。武器調達のため、密かに派遣された上海で消息を絶つ。
- **石橋継種《いしばしつぐたね》** 阿蘭陀通詞方《つうじがた》。数ヵ国語に通じる。玲奈同様に長崎会所《かいしょ》の一員。
- **葛里布《かつりふ》** 岩城、石橋が上海に開いた和国東方交易《わこくとうほうこうえき》の現地支配人。
- **劉宗全《りゅうそうぜん》** 上海《シャンハイ》、長江《ちょうこう》、黄浦《ホワンプー》一帯で武名をとどろかす薙刀《なぎなた》の名手。
- **おらん** 座光寺家の前当主と出奔《しゅっぽん》した吉原《よしわら》の女郎・瀬紫《せむらさき》。黒蛇頭《くろじゃとう》の頭目・老陳《ろうちん》と組む。
- **黄武尊《こうぶそん》** 長崎・唐人屋敷の筆頭差配。

# 第一章　椛島《かばしま》沖の砲艦

## 一

　どーんどーん
　師走に入った長崎に砲撃音が殷々《いんいん》と響き渡り、それが湾を囲む山々の稲佐山《いなさやま》、金比羅山《こんぴらさん》、彦山《ひこさん》、烽火山《ほうかざん》に木魂《こだま》していつまでも尾を引き、さらに新たな砲声が続いて絶えることはなかった。
　長崎の、そして徳川幕府の幕引きを予感させる砲声か、あるいは新たな幕開けを告げる音か。
　長崎海軍伝習所の伝習生や訓練生が阿蘭陀《オランダ》人教官に指導されて実戦さながらの砲撃訓練が行われているのだ。連日の観光丸《かんこうまる》の猛訓練は今や長崎の名物のようになっていた。

「阿蘭陀 雷《がみなり》がまた鳴っとるたい」

「臍《へそ》ばとられんように気つけられんね」

「阿蘭陀船が国に戻ったらたい、急に大砲の音が激しゅうなったもんね」

「なにかあるとじゃろか」

「長崎じゃ分からんたい、江戸の人が考えるやもんね」

湊《みなと》では女衆が話し合っていた。

昼下がりの刻限だ。

座《ざ》光寺《こうじ》藤之《とうの》助《すけ》は、大波《おおは》止《と》に立って砲声が聞こえる方角を眺《なが》めていたが、観光丸の姿を捉《とら》えることはできなかった。だが、青空に立ち昇る硝煙がその下での猛訓練を想像させた。

湊に停泊していた阿蘭陀船が去り、西泊《にしどまり》、戸《と》町《まち》の両沖番所の佐賀藩兵も、

「大番」

と称する千人から五百人へと勤番体制が縮小される季節で長崎が一番寂しかった。

そのせいで長崎伝習所の剣道場で稽古《けいこ》する伝習生や千人番所の藩兵の数も減少していた。夕稽古にはもはや人は集まらなかった。

また近頃では高島玲奈《たかしまれいな》も姿を見せず、藤之助は鬱々《うつうつ》とした気持ちを抱いて独り稽古に励むことが多くなっていた。

（さてどこへ参ろうか）

と思案する藤之助の視界に小舟が近付いてきた。

江戸《えど》町惣町乙名《まちそうまちおとな》椚田《くぬぎだ》太郎次《ろうじ》の奉公人魚心《ぎょしん》の漕《こ》ぐ小舟だ。

藤之助が見ていると、藤之助の立つ船着場目指して漕ぎ寄り、口と耳が不自由な魚心が、
ぺこり
と頭を下げて舟を指した。どうやら魚心は太郎次の使いで藤之助を迎えに来たようだ。

藤之助は船着場の石段を片足で蹴ると、舳先《へさき》を寄せた小舟にふわりと乗り込んだ。

すると魚心が心得て小舟の舳先を巡らせた。

藤之助は腰の一剣を抜くと腕に抱え、小舟の舳先に長身を横たえて空を眺め上げた。広大無辺の青空が頭上に広がり、南西から北東へと白い硝煙が散り流れていた。

観光丸の硝煙だ。

藤之助は大きく伸びをした。するとどこからともなく藤之助を見張る監視の目を感

じた。

このところ江戸から突然長崎入りした大目付宗門御改《おおめつけしゅうもんおあらため》大久保肥後守純友《おおくぼひごのかみすみとも》の手下が昼となく夜となく藤之助の行動を見張っていた。

だが、藤之助は気にすることもなく好きにさせていた。

藤之助は半身を起こして大波止を振り返った。すると大久保自身が最前まで藤之助が佇《たたず》んでいた船着場に立ち、鋭い視線を小舟に送っていた。

藤之助は会釈を送った。

大久保はそれには応じず、

くるり

と体を巡らして西御番所の方角へと上がっていった。どうせ配下の船が尾行してくるのだろう。

藤之助は小舟に釣道具や風呂敷包みが積み込まれていることに気付いた。

太郎次は藤之助を釣りに誘おうというのか。

魚心の小舟は、出島《でじま》の表御門の前に立つ太郎次の家を目指している風もなく長崎湾の西へ、ちょうどカラス岩と呼ばれる山の方角へと進んでいった。

湾を横切って魚心が小舟を止めたのは水ノ浦平戸小屋《みずのうらひらどごや》の沖合数丁の海上だ。魚心は櫓《ろ》を縄に結ぶと釣りの仕度《したく》を始めた。

藤之助はただ見守っているしかない。竹竿《たけざお》の釣り糸の先の針にゴカイが付けられ、海に投げ入れられた。そして、竿が藤之助の手に差し出された。

「釣りをせよと申すか」

藤之助の口の動きを読んだ魚心が、
うんうん
と頷《うなず》き、小舟に積まれていた風呂敷包みを解《ほど》いた。するとそこにはお重と大徳利と大ぶりの茶碗が姿を見せた。

「太郎次どのが座光寺藤之助の気持ちを察せられて、寂しさを紛《まぎ》らわせようという算段かのう、そうであろう」

魚心が無言でお膳立てしてくれた竿を手に、もう一方の手で大徳利の酒を酒器に注いだ。

藤之助にとって釣りとは、天竜川《てんりゅうがわ》の流れでの川釣りのことだ。海釣りは初めてだが、茶碗酒を嘗《な》めるように飲みながら釣り糸を垂れた。

釣れる釣れないは二の次のことだ。

魚心が目顔で藤之助に教えた。

藤之助が視線を巡らすと、釣り船が魚心の小舟から一丁ほど離れた沖合いへ接近していた。大久保の手下が釣り人に化けた姿だ。

藤之助は苦笑いをするまでもなく釣りに戻った。

ゆるゆる

と時が流れていく。

ウキは一度として動く気配もなく、藤之助もまた悠然と太公望の真似《まね》を続ける無為を楽しんだ。そして思い出したように茶碗酒を口に含んだ。

日が西に傾き始め、砲声が止《や》んだ。

小舟を寒さが包んだ。

藤之助はウキから目を外して稲佐山の方角を見た。西日を斜め横手から受けた山の斜面に、散り残った柿紅葉《かきもみじ》が鮮やかに浮かび上がっていた。

あの山の上には玲奈の別宅があった。

(会いたい)

と痛切に思った。

なぜ玲奈は姿を見せぬのか、なぜ連絡をくれないのか。そんなことを考えていると湾の入口付近から蒸気機関の音が響いてきた。

藤之助が振り向くと砲撃訓練を終えた観光丸が大波止へ戻っていこうとしていた。船には勝麟太郎《かつりんたろう》や酒井栄五郎《さかいえいごろう》らが乗り組んでいるはずだ。だが、藤之助の小舟からは半里ほど離れ、友らを見分けることは出来なかった。ただ早朝からの訓練に栄五郎らはくたくたに疲れ果てていることだろうと察せられた。

徳川幕府は列強諸国から開国を迫られ、国体が激しくも大きく揺れ動いていた。二百有余年の鎖国体制下で日本は軍事、科学、交易すべての面で欧米先進国に立ち遅れていた。

列強の砲艦外交に屈して開国に応ずればたちまち徳川幕府は崩壊の危機に瀕《ひん》し、国が瓦解《がかい》することも考えられ、それを危惧《きぐ》する保守的な考えの面々は、

「夷《い》を討つ」

考えの下、攘夷《じょうい》思想を確立しつつあった。

一方に徳川幕藩体制の根本たる鎖国を取り止め、長崎を始めいくつかの湊を開いて列強各国の科学技術や交易を素直に学び、国体を刷新するという考えの下に結集しようという一団もいて、徳川幕府、大名諸家が右往左往の渦中にあった。

幕府では遅まきながら長崎に海軍伝習所を設置して、幕府と繋《つな》がりの深い阿蘭陀海軍から砲撃術、航海術、機関操作など必死の訓練を受けていた。

だが、二百余年の眠りで立ち遅れたものを短期間に取り戻せるわけもない。いくら勝麟太郎らが寝る間も惜しんで勉学訓練に励んだとて限界があった。

さらに徳川幕府が頼りとする阿蘭陀国自体が欧米の列強国から国力で劣る国であったのだが、幕府も伝習生も知る由《よし》もない。

今観光丸は船体を日本の焦慮と阿蘭陀の必死とで塗り潰したかのように、藤之助の視界を通り過ぎていった。

いつの間にか、日が落ちていた。

櫓を緩やかに使っていた魚心が藤之助に釣竿を上げるように手で命じた。結局何刻《なんこく》か釣り糸をたらしていたが小魚一匹かからなかった。

藤之助は大久保の配下が乗り組む釣り船を見た。こちらの様子を窺《うかが》うように波間に船体を揺らしていた。

魚心は小舟を水ノ浦の岩場に向けた。

釣り船も動いた。

魚心は長崎湾のすべてを知り尽くしているようで、すでに夕闇に包まれた海に明かりも点《とも》すことなく小舟を進め、水ノ浦から湾口に寄った岩場と岩場の水路に舳先を入れた。

（なにをする気か）

釣り船も必死で狭く抜ける水路に入り込み、大胆にも喰《く》らいついてきた。

魚心は大きな岩場に舳先を寄せると小舟を巧みに繋いだ。そして藤之助を手で誘うと岩場の上に上がった。

釣り船がこちらの様子を窺っていた。

カラス岩の背後の空がわずかに濁った茜色《あかねいろ》を残していたが、
すうっ
と最後の光も消えた。

長いこと小舟で櫓を操っていた魚心は着物の裾《すそ》を開くと悠然と放尿を始めた。

藤之助も真似た。

二人の視界に黒い海が広がり、その向こうに遠く観光丸の明かりや長崎の灯が見えた。

二人は風に吹かれながら長々と小便をした。

その様子を大久保の手先たちが苦々しい思いで見ていると思うと藤之助は愉快になった。

ふうっ

と息を吐《つ》いた藤之助が雫《しずく》を切ると魚心も小便を終えていた。

岩場を下りると海水で手を洗った。

藤之助らの姿は岩場に隠れて釣り船の連中から見えなくなった。

藤之助は魚心を見失わないように従った。だが、長崎湾を知り尽くした魚心の動きは実に身軽で藤之助すら敵《かな》わなかった。

夕闇の中でかろうじて識別できる魚心を目で追いながら藤之助は遅れまいと足の運びを早めた。

(小舟を舫《もや》った岩場か)

ふと藤之助は岩場に上ってきた道とは違うと思った。

そのとき魚心が岩場から小舟に向かって飛んだ様子があった。

そのとき藤之助の手が摑《つか》まれた。柔らかい掌《てのひら》を感じた。

(なんと)

藤之助は足を止めた。

気配で魚心が小舟の舫い綱を外し、水路を抜けて長崎湾へと戻って行くのが分かった。

この闇の中では小舟に何人乗っているのか、大久保の手先たちは判断に迷うだろう。あるいは単に岩場に、小便に立ち寄ったとしか考えぬか。

岩場に取り残された藤之助は手を摑んだ人物に顔を向けようとした。すると反対に藤之助の体が岩場に押し付けられ、懐かしくも芳《かぐわ》しい匂いがして、唇《くちびる》が塞《ふさ》がれた。

藤之助は両腕でふいに現れた肉体を抱き止め、寄せられた唇を受け入れた。

狂ったように唇と唇が重ね合わされ、嵐が去ったかのように唇は遠ざけられた。

一尺ほど離れた闇に高島玲奈の白い顔がおぼろに浮かんでいた。

「無沙汰《ぶさた》であったな」

「恋しかったわ」

「なにを企んでおる」

「あれこれと」

「女狐め」

「女狐が嫌い」

「嫌いではないが、こう焦《じ》らされると癪《しゃく》に障るわ」

ほっほっほ
と玲奈の笑い声が響き、玲奈の手が藤之助の左脇下へと差し込まれた。そこにはスミス・アンド・ウエッソン社製輪胴式五連発短銃が革鞘《ホルダー》に吊《つ》るされてあった。

それを確めた玲奈は、再び藤之助の手を握ると岩場を伝ってどこかへと導いていこうとした。

どれほど歩いたか。小さな入り江が現れてそこに小帆艇《しょうはんてい》レイナ号が舫われていた。朧《おぼろ》な月明かりが玲奈の愛艇を見分けさせた。

藤之助は久しぶりに阿蘭陀人の船大工が玲奈のために造った帆艇に乗り込んだ。

いつもはレイナ号の舳先から船体の七分ほどを甲板が覆《おお》い、船尾の操舵《そうだ》席は剝《む》き出しになっていた。だが、今晩は船尾にも帆布《はんぷ》の屋根が張られていた。

冬の航海のための用具か。和船には見られないものだった。

玲奈は帆布の屋根の一部を開けると身を船室に潜り込ませた。彼女には直《す》ぐに出帆する気はないのか。それとも魚心が大久保の手先たちが乗り組む釣り船を長崎まで連れ戻る間《ま》を考えているのか。

帆布の向こうで、
ぼおっ
と明かりが点った。

「藤之助、奥に入りなさい。お酒と食べ物が待っているわ。冷え切った体をまず温めることね」

藤之助も帆布の下に体を入れた。玲奈が点したランプが狭いながらあれこれと工夫された小帆艇の船室を浮かび上がらせていた。

レイナ号の床には南蛮渡来の敷物が敷かれ、革製の座布団が置かれて、ほんのりと温かかった。船室の奥には南蛮夜具も積まれていた。

胴の間にはいつもの見慣れた籠《かご》よりも一段と大きな籠があった。食べ物と飲み物が入れられた籠だろうか。

いつもとは違うレイナ号の佇まいだが、玲奈はなにをしようというのか。

玲奈は南蛮船室の壁に革座布団を当て、上体を寄り掛からせた。

藤之助は、ぶるっと身を震わせた。寒い戸外から船室に入ったせいだ。

「葡萄酒《チンタ》を頂戴しよう」

と藤之助が手を伸ばしかけると、

「お待ちなさい」

と言うと玲奈は船室の戸棚から藤之助が初めて見る罎《びん》とグラスを取り出した。

「体を温めるにはこれが一番よ」

三分目ほどに酒精《アルコール》が注がれたグラスが差し出された。

琥珀色《こはくいろ》の酒がランプの明かりにたゆたうように揺れていた。漂う芳香は初めて藤之助が体験するものだ。

「葡萄酒《ぶどうしゅ》をさらに蒸留させて酒の度数を強めたものよ。ゆっくりと口の中で転がすようにして喉に落しなさい」

と玲奈が忠告した。

「頂戴しよう」

グラスに口を付けると強い酒精が鼻腔を刺激した。

藤之助は玲奈の忠告に従い、舌先で味わうほどに液体を口に含んだ。心地よくも一気に香りが口内に広がった。

かあっ
と体じゅうが一気に燃え上がるほどの芳醇《ほうじゅん》な香りと強さだ。

うっ
と噎《む》せるのを堪《こら》えてゆっくりと喉に落した。寒さが一瞬にして消し飛ぶほどの酒だった。

「ふうっ」

と息を吐いた藤之助は、

「玲奈、なんという酒か」

「ブランデーよ。薩摩《さつま》や琉球《りゆうきゆう》には度数が強い酒があるというけど芳醇さにおいてブランデーには敵わないわ」

「このような酒を南蛮人は常用するのか」

「食後に甘いものや葉巻と一緒に少しだけ賞味するのよ」

「葉巻とはなんだな」

「煙草《たばこ》の葉を乾燥させて何枚も重ねて巻き込んだものよ。刻みにしないの。父が吸い残していったものを外海《そとめ》の母のところで見たことがあるわ。ブランデーも葉巻も香りを楽しむ西洋の紳士方の嗜好品よ」

玲奈がようやく籠の蓋《ふた》を開いた。そこにはいつも見慣れた赤葡萄酒や腸詰《ちようづめ》や具が挟まれた麺麭《サンドイッチ》が入っていた。

「ブランデーもよいが伊那《いな》の山猿には赤葡萄酒が似合いじゃ、玲奈」

「伊那の山猿と言いながらいつしか長崎者になったわね」

藤之助が二つのグラスに赤を注ぎ分けた。

「今宵《こよい》の趣向はなんだな」

「藤之助、動き出すには時間があるわ、まずは腹拵《はらごしら》えよ」

波間に揺れるレイナ号に身を任せた二人は久しぶりに赤葡萄酒を飲み、食事をゆっくりと楽しんだ。

二

食事を終え、玲奈が天竺《てんじく》産の紅茶を簡易コンロで淹《い》れようとしたとき、妙《たえ》なる音がレイナ号の船内に響いた。玲奈のふわりと広がる黒衣の下からだ。

「うむ、なんだな、この調べは」

紅茶を淹れる手を止めた玲奈が腰帯に挟《はさ》んだ銀鎖を解くと小さな丸いものを掌に置き、
ぱちり
と蓋を開いた。

女ものの懐中時計だ。時計の本体にも蓋にも象嵌《ぞうがん》が施され、紅や緑の貴石が嵌《は》め込まれてランプの明かりにきらきらと輝いていた。

「時計師の儀右衛門《ぎえもん》が南蛮の女時計を真似てからくり時計を造ってくれたの。この中にオルゴルなる小さな歯車が組み込まれていて刻限になると鳴るのよ」

玲奈は藤之助の手に懐中時計を渡した。

時計が最初に製作されたのは慶長《けいちょう》六年（一六〇一）、長崎のセミナリオで和人に教えられたものだという。

藤之助は御幡《おはた》儀右衛門が工夫を凝《こ》らした文字盤の短針長針の動きを言葉もなく見詰めた。

長崎人にとって西洋式の時計はさほど珍しいものではなかった。長崎に来て以来、藤之助も時計にいくつかお目にかかったが、このように小さく精緻《せいち》にして華麗な細工が施された時計を見たことがなかった。

「そういえば栄五郎らの訓練は南蛮人の暦《こよみ》に従い、時計を使い半刻《はんとき》単位で進行して休む暇もないと嘆いておった。南蛮人はこのような暦や時計に追い立てられて生きておるのか」

「季節によって日の出も日の入りも異なるわ。だから冬と夏では昼間の長さが違うわね。季節による天の運行に従い、時刻を変えていくのが私たちの太陰暦よ。だけど、南蛮の人々は日の入りや出や月の満ち欠けに関わりなく一日を二十四分割して刻限を定めているの。伝習所もそれに従っているのよ」

「南蛮から物事を学ぶのは容易なことではないな」

藤之助が感心したように洩《も》らすと玲奈が微笑《ほほえ》み、

「これからもっと驚くことがいろいろと出てくるし、藤之助を悩ますわ」

と紅茶を差し出した。

波間に揺られて紅茶と甘い南蛮菓子を食していると藤之助は、わずか一年の変化が嘘のように思えた。

一年二ヵ月前まで藤之助は信濃国《しなののくに》伊那谷の山吹《やまぶき》領でただ剣術修行に明け暮れていた。それが安政《あんせい》の大地震と呼ばれる災禍を受け、山吹領から江戸屋敷へ、さらに座光寺家の当主へと変身を余儀なくされ、ついには幕府の命で長崎の地に派遣されてきた。

船室を片付けた玲奈が紅茶の茶碗を手に藤之助の傍《かたわ》らに来て並んで座した。

「このまま時が止まっても悔いはない」

「藤之助、玲奈が好きだと言っているの」

「どううけとっても構わぬ」

「ならばこれはどう」

くるりと体の向きを変えた玲奈が藤之助の胸に自らの体を預けた。しなやかな玲奈の肉体の魅惑に抗しきれず、藤之助は紅茶を飲み干すと茶碗を床に置いた。

玲奈は光沢のある黒色の長衣を着ていたが、その生地が藤之助と玲奈の体に擦《こす》られて音を響かせた。唇を重ねたせいだ。

「邪魔ね」

玲奈は大胆にも藤之助の体の上で上体を反らし、長衣の背の紐《ひも》を緩めると脱ぎ捨てた。すると同じ黒色の柔らかな感触の下着だけの玲奈と変わった。

「それがしを籠絡《ろうらく》するつもりか」

「嫌ならいいわ」

「そなたとならばたとえ地獄であろうと一緒せねばなるまいぞ」

藤之助は玲奈の体を両腕に抱くと体の傍らに寝かせ、自らの衣服を脱ぎ捨てた。脇の下に吊ったリボルバーを革鞘《ホルダー》ごと外して床に転がした。

玲奈が南蛮製の夜具を藤之助の体にふわりとかけた。

二人はふかふかとした軽い夜具の下で顔を見合わせた。だが、それは一瞬で二つの体を激しく絡ませ、忘我の時に身を委《ゆだ》ねた。

波に揺られるレイナ号が玲奈と藤之助の官能をさらに刺激した。二人は夜の海に抱かれながら、互いの肉体を嚙《か》み合い、攻め立てていた。

どれほどの刻限が流れたか、再びからくり懐中時計が妙なる調べを告げたとき、玲奈が堪えきれずに官能の声を洩らし、藤之助も玲奈の体に情欲を果てさせていた。

二人は羽毛の夜具に包まれ、気怠《けだる》い時に身を任せていた。

玲奈の指先は藤之助の指をつねに絡ませ、その場に藤之助があることを確めていた。

「地獄に一緒に行ってくれる」

「最前すでに申したぞ」

「藤之助、嘘じゃないわね」

「座光寺藤之助為清《ためすが》に二言はない」

「忘れないで」

「忘れるものか」

藤之助の掌が玲奈のたおやかな乳房におかれ、
ぴくり
と玲奈の体が再び反応した。

「まだ早いわ」

玲奈はなにかを待っているのか、そういうと藤之助を誘い、羽毛の夜具に裸の二人が一緒に包《くる》まり、半刻ほど眠りに就いた。

何度目か懐中時計が刻限を告げたとき、玲奈が目を覚まし、帆布屋根の外に顔を突

き出してなにかを調べていたが、

「藤之助、行動の時よ。東風《こち》が吹き始めたわ」

と告げた。

潮騒に烈風の音が混じった。

この風の中、小帆艇を出そうというのか。

玲奈は灯心を絞っていたランプの明かりを大きくすると下着と黒衣を身に着けた。

そのとき、藤之助は玲奈が太股《ふともも》に小型の連発短銃を携帯していることを知った。

「レイナ号には食料や夜具まで積まれておるな。何処《どこ》に行く気だ」

「藤之助は地獄まで一緒すると約束したわ」

玲奈が藤之助の問いを封じた。

「高島玲奈様の御意のままに」

藤之助も脇下にリボルバーを吊るし衣服を身に着けた。

玲奈は船内を手早く片付けて散らばっていた寝具や食器や葡萄酒の壜を籠に仕舞《しま》い、収納庫や隠し戸棚に固定して入れた。

「外洋は寒いわよ」

隠し戸棚から玲奈は二着の外衣を出して一着を藤之助に渡した。それは夜具と同じような素材でふんわりとした外衣だったが、綿入れに比して断然軽かった。

「水鳥の羽毛を布の間に挟み込んであるの」

「これは軽くて身動きがいい」

外衣とランプを手に甲板に出た二人は、船尾にランプを固定し、帆布屋根を舵棒《かじ》が動く範囲だけ捲《まく》り上げて紐で縛《しば》った。

玲奈は下半身を帆布屋根の下に入れ、外衣を纏《まと》った。

「藤之助、拡帆するわ」

玲奈の命で藤之助は甲板を走り、横桁に括《くく》りつけてあった帆布の紐を解くと綱を引っ張り、するすると帆柱へと上げていった。

ばたばた
と夜風に帆が鳴り、広がった。だが、まだ、風は孕《はら》んでなかった。

玲奈が舵棒を片手に、

「舫いを外して」

「承知した」

小さな入り江に繋がれ、自由を奪われていたレイナ号がその能力を蘇《よみがえ》らせた。夜の航海だが玲奈は長崎湾を知り尽くしていた。

舳先が波を切り、東風を帆に孕んだ。

入り江から長崎湾口へ月の位置と星明りと陸影を頼りに玲奈はレイナ号を操舵した。かなりの船足だ。

藤之助も甲板から船尾の席に着いた。帆布屋根の下に下半身を突っ込み、風が避けられる仕組みだ。

「着なさい」

玲奈が波飛沫《なみしぶき》に濡れても弾くという外衣を藤之助に着せ掛けた。それは長身の藤之助の膝下まで包んでくれる外衣だった。

「温かいな」

「刺し子の綿入れは重くて身動きつかないけど、これならば自由に動かせるでしょ」

「南蛮というところはいろいろと工夫を凝らしておるわ」

小帆艇は長崎湾口に向かい、西進していた。

「玲奈、地獄はよいが朝稽古まで戻れるか」

「観光丸も早朝訓練に出るわ」

「そうであったな。となると伝習所の剣道場も開店休業か」

「まあ、そんなところね」

玲奈は海軍伝習所の日程や藤之助の予定を熟知した上でどこかへと連れていこうとしていた。

湾口の女神と男神の間を通過したレイナ号は船足を緩めることなく、そのまま西へ針路を向けたままだ。さらに伊王島《いおうじま》と高島《たかしま》の黒々とした島影の間を抜けたレイナ号は、大海原へと出た。

東風はさらに強まり、順風を帆に孕んだレイナ号は飛ぶように滑走した。

「角力灘《すもうなだ》へ出る気か」

「座光寺藤之助が海にどこまで辛抱できるか直ぐに分るわ」

玲奈は藤之助の船酔いを試すつもりのようだ。

レイナ号は追い風を受けて波を切り裂くように突進していた。これまで藤之助が経験したこともない大きなうねりの波がレイナ号を波間に沈ませ、次には波頭へと持ち上げた。

「船速およそ四、五里かな」

いつしか伊王島も高島も波間の向こうの闇に紛れて見えなくなっていた。

頭上を見上げると星辰《せいしん》が煌《きらめ》き、前方を見ると黒々と迫る波が押し寄せていた。

藤之助はレイナ号という小さな帆艇に身を預けながらも、壮大な宇宙に生かされている己《おのれ》を感じ取っていた。

「夜の航海はどう」

「われら人智を超えた森羅万象によって生かされているようで爽快《そうかい》な気分じゃぞ」

「航海は長いわ、眠たくなれば船室に入って眠りなさい」

「このような夜はそうあるものではない。眠っては損をする」

玲奈の笑い声が海に響き渡った。

「藤之助、方位の取り方を教えるわ」

玲奈の舵棒の下には頑丈《がんじょう》な箱が設置され、その蓋を開くと三つの円形の道具が並んでいた。

「こちらは千石船が使う和磁石の正針と逆針よ。羅盆《らぼん》には、子《ね》、丑《うし》、寅《とら》、卯《う》と十二支、内側に東西南北の四つが刻まれているわね、これが十二方位を表すの。正針は方位の刻み方が右周りだけど、逆針は反対の左周りに刻んであるでしょう」

「なぜこのようなものを作ったな」

「使われ方が違うのよ。そのまえに和磁石の十二支の間に刻みがあるわね、この目盛の間の刻みはさらに二十四方位や四十八方位に分割する印よ。真ん中の凹《くぼ》みにつけられた針座は支点を中心に回転するようになっている。正針は水平に持ち、針の先と真北、すなわち子の方向に一致させれば東西南北が分かる仕組みなの。こちらは船上から陸地の山や建物を目標にして湊に入るときに使われる」

「そいつは伊那で山歩きする折に使《つこ》うたことがある」

玲奈が頷き、

「逆針は磁石の北を船の舳先と合わせてあるの。これによって磁針がさす方位と船が進む方位が一致するようになっているの。つまりは針の指す方向さえみていればレイナ号の進行方向が分かる仕組みよ。和磁石の正針、逆針は簡単な構造だけど精度も悪くないし、なにより頑丈なの」

と玲奈が和磁石の使い方を藤之助に呑み込ませた。

「玲奈、われらはほぼ真西に進んでおるな」

「そういうことよ。南蛮船は三十二方位の羅針盤というものを使う。こちらは少しばかり複雑な仕組み、藤之助にはおいおい教えるわ」

とランプの明かりで、玲奈は繰り返し和磁石の逆針と正針の使い方を教え込んだ。

「どう分かった」

「なんとか飲み込めた。ただ真西に進むのであれば、それがしにも操船出来そうだ」

「ならば藤之助、私が眠る間、レイナ号を頼むわね。目的地は海上四十八里先よ」

玲奈が平然と告げると懐中時計を藤之助の手に載せた。

「二時間後に起こして」

帆布屋根の下に潜り込んで玲奈は姿を消した。

どうやら玲奈は本格的に藤之助に航海術を教え込むつもりで角力灘に連れてきたようだ。それにしても海上四十八里先になにが待ち受けているのか。

「玲奈、操船を誤り、岩場に衝突したらそなたの命はないぞ」

藤之助が船室の中で横になった気配の玲奈に呼びかけた。

「そのときは一緒に地獄に行くことになるわ、藤之助」

「それは困った」

「安心なさい、角力灘にはレイナ号の船底が当るような岩礁《がんしょう》はないわ。それに私、座光寺藤之助の強運を信じているの」

玲奈の寝息が聞こえてきた。

藤之助は舵棒に片手をかけてただレイナ号が風に動かされるままに任せていた。

夜の大海原には、レイナ号の船体に波がぶつかり砕ける音と帆が鳴る音が響いていた。

時間も空間もない広大無辺に、藤之助は猛然と進む小帆艇で立ち向かっていた。それは己の力ではない、南蛮人が工夫した小帆艇が生み出す安寧《あんねい》であった。

異国の人間はこうやって航海し、他国を訪れ、見聞を深めたのか。

いつしか一刻《いっとき》が過ぎた。

もはや夜明けが近いのは漆黒《しっこく》の闇が教えていた。

玲奈を起こそうかどうか迷っていると足元から玲奈が顔を出した。

「変わりはない」

「ただ西に進むだけだ」

玲奈は夜空を見た。おそらく星の位置を確認したのだろう。

「間違った方向に進んだか」

「合格よ」

と微笑んだ玲奈が、

「藤之助、明日もある。少し体を休めなさい」

と交代することを告げた。

「明日があるとな」

玲奈は長崎から海軍伝習所剣道場師範の座光寺藤之助を離そうと考えているのか。

もしそうだとするならばそれなりの事情があってのことと思った。

（これも天命か）

「休ませてもらおう」

藤之助は玲奈に代わり船室に潜り込んだ。そこには先ほどまで玲奈が眠っていた羽毛の夜具があった。革の座布団を枕にごろりと横になった。大きなうねりに乗って進んでいるのが船室に寝転がってみると分かった。

（天竜川の流れとは違うぞ）

そんなことを考えていたのは一瞬だけだった。ただ舵棒を固定して和磁石の針を眺めていただけだが、それなりに神経を使っていたものと思えた。

ことり
と藤之助は眠りに落ちた。

夢を見ていた。

どこか異郷の湊に入る大船の舳先に藤之助が立っていた。

「ここはどこか」

自問する声に答えた者がいた。

「藤之助、えげれすという国じゃぞ」

山高帽子にフロックコートを着た能勢《のせ》隈之助《くまのすけ》が藤之助の傍らに歩み寄ってきた。

「どうだ、異郷は」

「まだなんとも言えぬわ」

と答える藤之助にからからと隈之助が笑った。

夢が消えた。

「藤之助！」

玲奈の声が藤之助の眠りを破った。帆布屋根を通して強い光が船室を照らしていた。いつの間にか新たな日が到来したようだ。

「すまぬ、長い刻限眠り込んだようだな」

藤之助は船室から操舵席に顔を出して、その光景を見た。

「なんと」

藤之助の視界を巨大な鉄の壁が塞ぎ、眼を上げると大型砲艦の全容が飛び込んできた。

三

（これは）

と思いつつ藤之助は視線を巡らした。するとレイナ号は帆を下げ、停船した小帆艇を大きな異国の砲艦が左右から挟み込んでいた。二隻目の砲艦には記憶があった。二人の長州藩士《ちょうしゅう》たちを乗せたことのある阿蘭陀国の小型砲艦グーダム号だ。

藤之助は今一度最初の船影に目を戻した。それはグーダム号の二、三倍はありそうな戦闘砲艦だった。レイナ号に接した右舷《うげん》から砲門が十数余り見えた。だが、黒い船体のどこにも所属国を示す旗は掲げられてなかった。

阿蘭陀国籍か、あるいは第三国所属の砲艦か。

ふうっ
と息を吐いた藤之助は二隻の異国船に挟まれ、レイナ号が停船している海上を改めた。どうやら入り江に停船しているらしく寄せる波も穏やかだった。

グーダム号の背後に陸影が見えた。

高さ五、六百尺余りの山並みが聳《そび》えていた。

島の入り江に停泊しているのか。

突然、甲板の帆柱の傍らに立つ玲奈が異国の言葉で叫んだ。すると大型砲艦から応答する声が降ってきた。

玲奈はこの阿蘭陀船と会合するために藤之助を長崎から連れ出したようだ。

藤之助は両船から無数の目が見ていることを意識してゆっくりと甲板に姿を現し、玲奈の傍らに悠然と立った。

「ここはどこだ」

「五島《ごとう》列島椛島《かばしま》の東の入り江よ。この島の南に福江島《ふくえじま》が見えるわ」

と玲奈が指差して大きな島影を藤之助に教えた。

「四十八里先の目的地とは五島様の領内であったか」

もはや玲奈は答えない。砲艦との打ち合わせにまた意識を集中していたからだ。

がらがら

と砲艦の舷側《げんそく》に簡易階段が下ろされる準備が始まった。

肥前国松浦郡《ひぜんのくにまつうらぐん》五島列島の外様藩主五島氏は、この地に割拠した松浦党の血筋で元の名は宇久《うく》氏であった。

文禄《ぶんろく》元年（一五九二）、二十代純玄《すみはる》の代に五島氏に改名し、石高一万五千五百三十石の大名となった。当代は盛成《もりあきら》だ。

五島藩は長崎への通行の要所にあたっており異国船への海岸防備を受け持たされていた。ゆえに参勤交代などの公儀軍役を免除されていた。一方で家臣団には武術の鍛錬など厳しい稽古が要求されていた。

階段が舷側に固定され、何人かの水夫《かこ》が階段に乗って安全を確かめている。

「藤之助、レイナ号をタラップ下に着けて」

タラップとは階段のことか。

藤之助はレイナ号に積み込まれている櫓を使い、階段下へと小帆艇を着けた。櫓の扱いが珍しいのか大型砲艦から大勢の水夫らが見物している。

玲奈が舫い綱を手にし、階段下まで下りてきた水夫に投げた。虚空を飛んだ舫い綱を片手で受けた水夫がレイナ号を引き寄せ、階段下に繋いだ。

藤之助は櫓を置くと波に打たれて乱れた髪を手で整えた。さらに鎌倉一文字派の刀鍛冶藤源次《とうげんじ》助真《すけざね》が鍛《きた》えた刃渡り二尺六寸五分を腰に差し落とすと高揚していた気分が、
すいっ
と落ち着き、平静に戻った。

水夫が手を差し出し、玲奈が先に揺れる階段に乗り移った。続いて藤之助も従った。

水夫に先導され玲奈が階段を上がり始めた。藤之助はそれに続きながら、

「どこの砲艦か、玲奈」

と聞いていた。

「東インド会社に所属するライスケン号よ」

とだけ玲奈が答えた。

甲板にはライスケン号の艦長以下全乗組員が礼装で玲奈を出迎えていた。

藤之助は長崎会所《かいしょ》の代表として玲奈が東インド会社か、あるいは阿蘭陀国との非公式派遣団と会合するのだと思った。

二人への歓迎を示して鼓笛隊が音楽を奏して出迎えた。

玲奈は優美に片膝《かたひざ》を曲げてその歓迎を受けた。

藤之助はただ胸を張り、会釈を返しただけだった。

砲艦の艦長か司令官か、玲奈を抱擁《ほうよう》して迎え、藤之助とは握手を交わして何事か告げた。だが、挨拶《あいさつ》であろうと推測した藤之助は、

「造作をかける」

と当たり障りのない言葉で応じた。

艦には私服の紅毛人が数人乗艦していた。が、玲奈と挨拶を交わしただけで藤之助は無視された。

「藤之助、私はこれから数刻話し合いをすることになるわ。同席しても退屈でしょ

う、ライスケン号の見学を頼んでみましょうか」

と玲奈は藤之助の身を気にした。

「それがしのことは気に致すな、用事があれば呼んでくれ」

と藤之助が応じたとき、

「玲奈嬢様、座光寺先生のことは、われらがご接待申します」

と唐人通訳が流暢《りゅうちょう》な日本語で声をかけてきた。

「あら、呂《りょ》さん」

知り合いか、玲奈が名を呼び、

「日本人以上に言葉は達者な方よ。ならば呂さん、藤之助のお相手を頼むわ」

と言うと藤之助の唇に素早く口付けするとライスケン号の上級士官らと艦内に姿を消した。

「座光寺先生、武術調練の時です」

と呂が説明するのに合わせたように砲艦の士官や水夫らが甲板に整列した。だれもが銃口の先に短い剣を付けた鉄砲を携帯していて指揮官の号令に合わせて二組に向き合い、整列した。

身丈は藤之助とさほど変わらなかったが、胸幅の厚みや腕回りが大きかった。それだけで小さな和人なら威圧されるだろう。

士官の傍らに控えた下士官の号令の度《たび》に抜き身の剣を虚空に上げ下げした。その刃がきらきらと光に映えた。

「座光寺先生、紅毛人の軍艦の水夫は船戦《ふないくさ》や上陸戦を考えて、撃ち合い、斬り合いの稽古を受けます。実際に戦場で戦うのと同じ訓練です」

「呂通詞《つうじ》、紅毛人の鉄砲には剣が装着できるようになっておるのか」

「はい。亜米利加《アメリカ》、英吉利《イギリス》の艦隊は水夫一人ひとりが戦闘員でしてな、陸戦隊と称する格別な上陸部隊を砲艦に同乗させております」

号令が再び響き、剣付鉄砲を斜めに構えた二組が前進して、一間《いっけん》の間合いで一旦《いったん》動きを止めた。

戦闘員の顔が険しくなっていた。まだ若い新兵の中には全身が強張《こわば》っているものもいた。

新たな号令が響くと一組が前進し、対峙《たいじ》するもう一組がそれを受けて剣先と剣先が、
がちゃがちゃ
と不気味な音を立ててぶつかり、一組が攻勢に出るともう一組が後退し、ある地点

まで下がると今度は攻守が交替して、それまで受けに廻《まわ》っていた組が攻撃に転じた。

本物の剣だけに一瞬の油断もならなかった。新兵のひとりは受け損って銃身に掛けた手に傷を負った。

銃剣での攻撃は突きだけではなく、払い、殴りといろいろと技があった。

藤之助はいつしか剣付鉄砲の訓練に魅入《みい》られていた。

「どうですか、われわれの調練の感想は」

という声がした。

藤之助が振り向くと出島で剣を交えたバッテン卿《きょう》がにこにこと笑って立っていた。グーダム号に乗船していたのであろうか。

バッテン卿の日本語は呂ほど流暢ではないが十分に通じるものだった。出島では日本語など理解がつかないという態度であったが、はるばる異国にきて外交や交易に従事しようという連中だ。そう易々《やすやす》と本心も手の内も見せてはいなかったのだ。

藤之助は、

「なかなか手強《てごわ》い兵団です」

「そうですか」

と応じたバッテン卿が訓練を指揮する士官に目で合図した。すると号令が響いて訓練が止まり、二組は元の場所に戻って整列した。

「座光寺さん、銃剣の稽古を受けてみませんか」

と洋剣の達人のバッテン卿が不意に藤之助を唆《そそのか》した。

「なにっ、それがしに稽古を許すと申されるか」

「興味があればのことです、無理とは申しません」

藤之助が藤源次助真を腰から抜くとバッテン卿が、

「お預かり致します」

と両手を差し出して受け取った。

バッテン卿が何事か命じ、下士官が藤之助に持参したのは鉄砲も剣の部分も木製の道具だった。

総長五尺ほどか、銃床が重くて振り回すには均衡が取りにくかった。だが、銃撃戦が肉弾戦に移ったとき、即座に対応するために剣付鉄砲は合理的な武器とも言えた。だが、習熟するには時がかかりそうだ。

本物の銃剣で訓練をしてみせたのは藤之助の度胸を試すつもりか。

「お借り致す」

藤之助はまず木銃の重さを両手で確かめ、今眼前で展開された訓練の動きを再現してみた。剣の動きより槍か薙刀《なぎなた》の扱いに似ていたが、それより何倍も難しかった。

この重い銃剣を軽々と振り回す南蛮人や紅毛人と戦《いくさ》になったとき、体の小さな和人は一気に押し潰《つぶ》されてしまうだろう。

「バッテン卿、本物の銃剣を見せてくれませぬか」

藤之助の願いにバッテン卿が頷き、直ぐに本物が運ばれてきた。木銃よりずしりと重かったが、藤之助にはこちらの方が体に馴染《なじ》んだ。

「得心されましたか」

と呂が聞き、

「座光寺先生の武名、異人の間でも評判でしてね、腕前を披露していただかねば、この場が収まりますまい」

と言い足した。

「呂さん、腕前を披露するとは稽古をするということですね」

「得意の武術を見せて奴らのど肝を抜けばよいのです」

長崎の暮らしが長いという呂が藤之助に言った。

「折角《せっかく》です、どなたかお相手下さい」

藤之助の言葉にバッテン卿がすでにその気でいたのだろう、にやりと笑った。

二組の中から数人の巨漢兵が呼び出され、本物の銃剣から木銃に持ち替えた。

藤之助も木銃に替え、何度か素振りを繰り返した。

最初の相手は藤之助の身丈を五、六寸は越えた老練な水夫だった。

バッテン卿は審判役を務めるつもりか両者を呼び寄せた。

いつの間にかライスケン艦上のあちらこちらから乗組員が甲板の対決を見物していた。

水夫を応援する声が、甲板上に響いた。

藤之助と相手は右脇腹に木銃を構えて睨《にら》み合った。

バッテン卿が短い言葉を発し、勝負が始まった。相手は藤之助の左手へと回り込み始めた。藤之助も右手に回りながら、様子を窺《うかが》った。

間合いが変わらないまま一周して元の位置に二人は戻った。相手はさらに左周りを続けるつもりか足を踏み出した。

その瞬間、藤之助が動いた。

真っ直ぐに一気に間合いを詰めた。

その動きに相手が慌《あわ》てて木銃を突き出した。

間合いを見切った藤之助がさらに踏み込みながら突き出された木銃の真ん中を払い

つつ、がら空きになった相手の腹を軽く突いた。だが、相手は後ろに吹き飛ばされて尻餅《しりもち》を突いた。

一瞬の技だった。

ライスケン号の艦上にどよめきが起こった。

二番手、三番手と対決したが藤之助の緩急をつけた動きに惑わされ、木銃の先が藤之助の体の一部に触れることはなかった。

どよめきが嘆声に変わった。

一段と大きな巨漢兵が顔を紅潮させて藤之助に向かった。

そのとき、バッテン卿が何事か訓練を指揮する士官に命じた。

士官の顔色がさらに変わった。

バッテン卿はそれには動ぜず藤之助を見た。

「本物の銃剣ではいかがかな」

「相手様が承知なれば」

頷いたバッテン卿が士官に向き直り、頷き返した。

巨漢兵と藤之助は本物の銃剣を手に甲板上に設けられた訓練場の中央に歩み寄った。

バッテン卿が藤之助に、
「よいな」
と問い直し、相手にも確めた。
向き合った二人は礼をし合い、煌く銃剣と銃剣、半間で構え合った。
巨漢兵が雄叫びを上げると一気に突っ込んできた。
藤之助は力を減じるように払った。するとその払いを予期していた相手が銃剣を上段へと素早く回し、藤之助の脳天に叩《たた》きつけてきた。
相手は飛び下がると予期しての行動と推測すると、藤之助は大胆にも内懐《うちぶところ》に飛び込んでいた。振り下ろしてきた銃剣に自らの銃剣を合わせると、
くるり
と手首を捻《ひね》って回した。
相手の銃剣が虚空に大きく飛んで海へと落ちていった。
あっ！
と驚愕《きょうがく》して立ち竦《すく》む相手の喉下には、
ぴたり
と銃剣の切っ先が付けられていた。

巨漢兵は目玉を飛び出るほどに見開いて呆然《ぼうぜん》とした。

会釈を返した藤之助が、
すいっ
と身を引くと相手に頭を下げた。

粛然《しゅくぜん》としてライスケン艦上は言葉もない。

「銃剣一挺、失わせましたな」

藤之助の息も乱れぬ言葉にバッテン卿が、

「戦場なればこのようなことは茶飯事、銃の一つや二つなんのことがあろうか」

と応じると、

「座光寺藤之助、恐ろしや」

と呟《つぶや》き、かっかっかと高笑いした。

藤之助の相手をした四人が二人の話す場に集まってきた。どうも釈然としない様子でバッテン卿に何事か願った。それを呂が通詞した。

「座光寺先生の稽古が見たいと申しておりますぞ」

「構いませぬ。なんぞ棒切れはござろうか」

「木刀なればございます」

ライスケン号には訪問先の武器がいろいろと収集してあるのか、呂が定寸の木刀を運んできた。

「これでよろしいか」

頷いた藤之助がバッテン卿に、

「銃剣の稽古に参加した全員に木銃を持たせてくれませぬか」

「全員と立ち合いをなさる気か」

とバッテン卿に代わり、呂が驚きの声で答えた。

「よろしければ」

呂とバッテン卿が顔を見合わせ、バッテン卿が士官に命じた。早速《さっそく》三十余人が木銃に持ち替えて何事かという顔をした。

バッテン卿がライスケン号の水兵らに説明した。すると驚きの声とともに、

「なにくそ、馬鹿にして」

という表情が漂った。

「呂さん、それがしの信濃一傳流《いちでんりゅう》と申す流儀、戦場往来の武骨な剣技にござる。その流儀にそれがしが独創の技を加えたのです」

と天竜川の流れが岩場に当って砕ける光景から啓示を受けた、

「天竜暴れ水」

を説明した。呂がそれを木銃の全員に説明したが、理解しようとした水兵はいなかった。

「では、実戦で参ろうか」

一対三十余人の打ち合いに艦上が再び沸いた。

「呂さん、気を抜いてはいかぬ、本気で突き、打ちかかれと命じて下さい」

頷いた呂が再び説明し、三十余人が臨戦態勢に入った。

「参る」

藤之助は木刀を高々と突き上げるように構えると宣告した。

三十余人がそれに応じて藤之助を囲むように突進してきた。

バッテン卿が見たのは藤之助が輪の真ん中に飛び込んだことだけだ。木刀と木銃の、
かんかん
と乾いた音が響いた後にばたばたと水兵が倒れていき、ほんの数瞬の裡《うち》に三十余人全員が甲板上に倒れ込んでいた。

藤之助が、

ふわり

と風が舞うようにバッテン卿の傍らに戻ってきた。

バッテン卿は甲板に倒れ込んだ水兵の群れから藤之助の顔に視線を移すと、顔を激しく横に振った。

# 四

「藤之助、楽しんでいるようね」

という玲奈の声がした。

藤之助が振り向くとライスケン号の艦長や商務官らと一緒に玲奈の姿があった。その表情には憂《うれ》いのようなものがあった。

「話し合いは終わったか」

「一回目は互いが提案し合っただけよ。結論は明日になるわ」

そう応じた玲奈がバッテン卿に異国の言葉で話しかけた。ようやく笑みと余裕を取り戻した英吉利《イギリス》の貴族が玲奈に答えている。甲板で行われた木銃と木刀の試合の経緯《いきさつ》を語っている様子がありありとあった。

苦々しい顔の副官が赤鬼の形相《ぎょうそう》で未《いま》だ甲板に倒れたままの水兵らを一喝した。慌てた水兵らが立ち上がり、木銃を携行して整列した。水兵の中には木銃を二つに叩き折られている者もいた。

副官らが折れた木銃を取り上げ、確かめた。

黙したままの艦長にバッテン卿と玲奈が話し掛けた。艦長は折れた木銃を手にする副官らをちらりと見て、その視線を藤之助に向けた。

艦長が何事か副官に命じた。副官の顔に喜色が戻った。副官が訓練を指揮していた士官と水兵に命じ、列の中から五人が新たに選抜された。

彼らは木銃を捨て本物の銃剣に替えた。

銃剣の五人と藤之助を戦わせようというのか。だが、最前戦った木銃の四人はその中に選ばれてなかった。

艦の厨房から持ち出された五つの南瓜《かぼちゃ》がライスケン号の船首付近に設置された台上に並べられた。銃剣の五人は船室の出入り口付近まで下がり、横列に射撃態勢を整えた。

どうやら藤之助に射撃の腕前を見せるようだ。

間合いはほぼ十四、五間か。それがライスケン号で取れる最大の射撃距離だった。

士官が大声を発した。

五人の銃手が射撃態勢に入り、一拍の後、再び士官の命が下り、引き金が引かれた。

南瓜は一斉《いっせい》射撃で破壊され砕け散った。

ぱちぱち
と玲奈が手を叩いて腕前を賞賛した。

台上に南瓜よりも小さな果物が置かれた。

ライスケン号に積まれていた阿蘭陀産の林檎《りんご》だった。

再び銃手が構え、五つの林檎を見事に打ち砕いた。

艦長が藤之助に何事か話しかけた。

「藤之助、銃を撃ってみるかと問うているのよ」

「それがしを値踏みしようというのか」

「藤之助、怒らないで」

「ここは相手の意を聞けと申すか」

玲奈が頷いた。

「銃剣は慣れんでな、手馴《てな》れたものでいこう」

藤之助の言葉に玲奈が笑みで答え、士官に命じた。すると船首の台に林檎が五つ用意された。玲奈が藤之助を伴い、五人の銃手がそれまでいた射撃位置に移動した。すると二人の銃手が銃剣を差し出した。玲奈が即座に断り、藤之助を見た。

素手の二人が半身に構えて的《まと》を睨んで立った。

ライスケン号の全員の目が二人に集中していた。銃も持たずになにをする気だ、という表情の者もいた。

「藤之助、相手の挑発を一撃で打ち砕くのも外交の手よ」

「列強が長崎でしばしば見せる砲艦外交じゃな」

「そういうこと」

「よかろう」

藤之助の言葉にしなやかにも優雅な動作で屈《かが》んだ玲奈が黒衣の裾をぱあっと捲《めく》り、太股《ふともも》に装着した小型の連発短銃を抜き出した。

玲奈の白い太股が一瞬陽に晒《さら》され、艦の水兵らが、

わあっ

という歓声を上げた。

藤之助も左脇下に吊るしたスミス・アンド・ウエッソン社製輪胴式五連発短銃を抜

き出すと装塡《そうてん》を確めた。

うっ

という顔で艦長らが二人の行動に注目した。

玲奈と藤之助はリボルバーを手に互いの目を見合った。

艦上が静寂に落ちた。

玲奈が銃口を上げた。

藤之助の耳に玲奈が息を整える様子が伝わってきて、気配を消した直後に銃声が響いた。

真ん中の林檎が、ぱあっと虚空に飛び散った。

大歓声が沸いた。

それが静まったとき、藤之助が右手を水平に突き出し、構えた。

息を吸い、止めた。

引き金が絞られた。続けてもう一発、両端の林檎が粉々に砕けて虚空に消えていた。藤之助の銃弾は三十二口径と玲奈のそれより大きい。

さらに続いて四発、五発目がライスケン艦上に響いた。玲奈が藤之助に続いて連続射撃したのだ。

台上の林檎はすべて消えていた。

艦上は粛《しゅく》として声がなかった。

玲奈が別れの挨拶をその場に残すと、藤之助を伴い簡易階段を下りた。

二人がレイナ号に戻り、藤之助が舫い綱を外して帆を上げたとき、ライスケン艦上よりバッテン卿の声が降ってきた。

「ブラボー!」

その声に誘われたか、大歓声が起こった。

玲奈が舵棒を握り、片手を唇に触れると虚空に、艦上の人々へ投げ接吻《キッス》を贈った。

わああっ!

さらに大きな歓呼の声が大型砲艦上に響き、五島列島椛島沖に木魂した。

レイナ号は南に向かい、二隻の異国の砲艦から遠ざかろうとしていた。

「どこに参るな」

レイナ号の船足が定《と》まったとき、藤之助が聞いた。

「明日まで五島沖に止《ど》まることになるわ。折角《せっかく》だから五島様の城下を見物していかない」

「御意のままに」

「藤之助はえらく素直ね」

「そなたが用意した船旅、黙って従うしかあるまい」

幕臣の身である藤之助は無断で職務を放棄したのだ。長崎に戻れば厳しい咎《とが》めが待ち受けていることを覚悟していた。むろんそのことを玲奈は承知しているはずだ。その玲奈がなにを藤之助に見せようというのか、そのことに興味があった。

「それがし、五島藩のことはなにも知らぬ」

「五島藩とはまず福江島を中心に五島列島百四十島の大半を領有した外様の一万二千石の小大名ということよ」

「五島列島すべてを五島家が領有しているのではないのか」

「五島本領は一万五千五百三十石だけど、寛文《かんぶん》元年（一六六一）に三千石を分知して富江《とみえ》領が出来たの。五島本家はこれで一万二千石に落ち着いた。また福江領、富江領の他に平戸領も五島列島にはあって、中通島《なかどおりじま》は三方領と複雑なの」

「長崎代官領に大村《おおむら》藩などの大名領が入り込んでおるのとよう似ておるな」

玲奈が頷いた。

「小さな大名家だけど藤之助が関心を持つものがあるわ。福江城下には藩校育英館《いくえいかん》があって厳しい武芸訓練に明け暮れているということよ」

「ほう、五島様では文武育成に熱心か」

「家禄世襲の士族といえども、武芸一流の免許を取得できないものは禄百石以上は半額、百石未満の家柄はその四分の一を没収する、これが育英館の決まりよ」

「厳しいな」

「ただし、後日、免許を得た折には元の禄高に戻すという救済措置もあるの」

「大名三百諸侯で類を見ないぞ」

「それもこれも異国の船のせいなの。五島列島は長崎の西の沖合いにあるでしょう、そこで幕府では長崎を守る海の砦《とりで》として五島藩に外国船に対する警備を命じたの。だけど、遠方の上、五島は元々が参勤交代の資金に苦労するほどの貧乏小大名よ。その上、異国船の警備の沙汰が下った。藩では藩校を設立し、藩政を立て直す人材を育成すると同時に外国船警備のために武術の鍛錬に乗り出したというわけ。五島盛運《もりゆき》様の代の安永《あんえい》九年（一七八〇）に長州から儒学者永富数馬《ながとみかずま》様が招かれ、城内に稽古所が設けられたことがその発端だったわ」

医家にして儒学者として高名な永富独嘯庵《どくしょうあん》の子が数馬だ。

「七十五、六年も前のことか」

「人格円満、学識豊かな永富数馬様の指導により五島藩の学問は向上し、武術も盛んになり、永富様が残した養蚕業のお陰で藩財政も一時は好転したの」

レイナ号は玲奈の話の間にも帆に風を孕《はら》んで南進していた。

福江島の島影が大きくなり、城下も望遠できるようになってきた。

「疲弊《ひへい》し切った五島藩を立て直すのは一朝一夕ではいかないわ。永富様が遺された賢策も少し事情が好転すると忘れられた」

「なんだ、もとの木阿弥《もくあみ》か」

頷いた玲奈が、

「盛成様が文政《ぶんせい》十三年（一八三〇）に藩主の座に就かれたとき、『国を富し民を安し、邪を去り正を行し天に報いること、我等が任也』という悲壮な覚悟だったそうよ。永富数馬様が去った五島の藩政は再び危機に瀕《ひん》していたの。そこで盛成様は養蚕、漁、陶器とばらばらに生産販売していたものを有川《ありかわ》に産物会所を設置して、鯨、綿、塩、酒など五島の物産すべてを一箇所に集め、販売する大問屋方式に改革なされたの。そのお陰で今から十七、八年前の天保《てんぽう》九年（一八三八）ごろには五十五貫の利潤が出るようになったというわ」

高島玲奈は五島藩の財政についても詳しかった。それだけ長崎会所と五島藩が密なる交流があるということだろう。

「ところが天保十三年に起こった山田蘇作《やまだもとさく》事件が、長崎と五島藩の間に亀裂を入れることになった」

玲奈の話は再び藤之助の理解を越えようとしていた。

「山田蘇作事件とはなんだな」

「山田 某《なにがし》の正体は長崎唐通詞彭城清左衛門《さかきせいざえもん》のことよ。この者、かねてより唐商人と密貿易を企て、椛島に潜入したところを五島藩に見つかった。ところが筆も立ち、通弁ができることから五島で山田家の名跡を手に入れ、有川産物会所の会計方として職に就いたの。野心家の山田は、有川浦の捕鯨漁でひと儲《もう》けを企て、その願書と一緒に先納銀を長崎奉行所に提出したところで正体が暴かれ、長崎奉行所から五島藩に強い抗議があって、有川産物会所は頓挫《とんざ》することになった」

「山吹領では夢想もせぬ激動が西国諸家を襲うているのじゃな」

行く手に陽光に輝く城が見えてきた。

五島藩の福江城だ。また石田《いしだ》城とも呼ばれた。

「長崎で発生した文化《ぶんか》五年（一八〇八）のフェートン号事件は五島藩にも夷《い》討つべし一色の考えを強要することになる。家臣団ばかりか、郷士、百姓衆、漁師まで鎌、熊手を持たせての農兵組織を作り、数年前の嘉永《かえい》二年（一八四九）になってあのお城の築城が幕府から許されたの」

「なんとこの期《ご》に及んで戦国時代の城を築城なされたか」

藤之助は日に映える城を複雑な思いで見た。

「今では長崎守備の一端を五島藩が受け持たされて、警備番一番手体制五百六十余名が木製の大筒などを武器に外国船の襲来に備えているわ。これがただ今の五島藩の実態よ」

「急遽《きゅうきょ》備えた城と木製の大筒で異国船が撃退できると思うか」

「藤之助、ライスケン号どころか小型砲艦グーダム号の小火器の攻撃だけで一溜《ひとた》まりもなく落城するわ。五島藩でもそのことを承知よ、だけど幕府の出先の長崎奉行所には逆らえない」

レイナ号が福江湊へと小さな岬を回った。すると藤之助の目に見知った帆船が飛び込んできた。

幕府御用船江戸丸《えどまる》だ。

「なんと江戸丸がおるぞ」

藤之助は驚きの声を上げたが、玲奈は平然としていた。

「玲奈、そなた、江戸丸と落ち合う約束か」

「それはないけれど、江戸丸が福江湊にいても不思議はないわね」

玲奈は江戸丸に小帆艇を向けた。

藤之助が縮帆作業にかかった。帆が畳まれ、惰力《だりょく》で進むレイナ号の舳先に立ってみると江戸丸でも人の動きがあって羽織袴《はおりはかま》の武士が舷側《ふなべり》に姿を見せた。

なんと老中首座堀田正睦《ほったまさよし》の年寄目付《としよりめつけ》陣内嘉右衛門《じんないかえもん》だった。

艫《とも》には御船手《おふなて》奉行向井将監《むかいしょうげん》の配下の、主船頭の滝口治平《たきぐちじへい》の姿も認められた。

「座光寺藤之助どの、久しいのう」

舷側の嘉右衛門が驚いた様子もなく笑いかけた。

「陣内様にもご壮健の様子なによりにございます」

藤之助とは豆州戸田《ずしゅうへだ》湊で偶然にも会ったのが最初で、長崎まで藤之助を送り込んだ人物であった。

「そなた、長崎を留守にして、福江領に参られたか」

「高島玲奈嬢の小舟に誘われましたところ、突然の東風に煽《あお》られてこの地まで連れられて参りました」

虚言が通じる相手ではなかったが、互いのためにそう言った。

「時に強風も嬉《うれ》しい出会いをもたらすものよ。再会を祝そうか、上がって参られよ」

「文吉《ぶんきち》どの、舫いを受け取ってくれぬか」

藤之助は舫い綱を炊き方の文吉に投げた。

江戸よりの航海を通じ、さらにはその後の長崎での再会を通じて江戸丸の乗組員全員を承知の藤之助だ。

「思いがけないところでお目にかかりました」

と文吉が、投げ上げた舫い綱を摑むと手際よく江戸丸にレイナ号を係船してくれた。

「座光寺様、相変わらず神出鬼没にございますな」

艫からも治平が笑いかけた。

「治平どの、神出鬼没もなにも高島玲奈嬢様の舵扱いの間違いでこのようなところまで連れて来られた。一体ここはどこの湊か」

かっかっか
と笑った治平が、

「座光寺様、応対も一段と達者になられましたぞ」

「主船頭、肥前長崎に一年もいてみよ。紅毛人、南蛮人、唐人と意の通じぬ相手ばかりでな、胸の内を読むのが上手になった。だが、一人だけなにを考えておるのか分からぬ相手がおるわ」

「座光寺様を困惑させる相手とはどなた様ですな」

「こちらにおられる高島玲奈様じゃぞ」

藤之助の言葉に江戸丸からまた笑いが起こり、玲奈が、

「確かに藤之助は口先も上手になったわ」

と言い残すと江戸丸から垂らされた縄梯子《なわばしご》を伝って、さっさと上がっていった。

藤之助が江戸丸の揚蓋《あげぶた》甲板に飛び込んだとき、玲奈と嘉右衛門が挨拶を交わしていた。

藤之助には二人が約定《やくじょう》の上での出会いか、偶然か察しも付かなかった。

「陣内様、一別以来にございます」

「そなたの華々しい活躍は幕閣でも評判でな、扱いに困っておられるわ」

嘉右衛門の顔は言葉とは裏腹にどことなく満足げだ。

「恐れ入ります」

「今は幕府が倒れるかどうかの瀬戸際の時節だ。そなたらのように穏やかな海に流されて福江島に漂着するくらいの度胸と才覚がなくてはなるまいて。座光寺藤之助も高島玲奈どのもなんともぬけぬけとしたことよ」

と嘉右衛門が感心の体《てい》で応じて、

「文吉、ちと日も高いが酒など用意せえ」

と炊き方に命じた。

江戸丸の座敷に招じ入れられた二人に嘉右衛門が、

「そなたら、真の用向きを尋ねても答えまいな」

と改めて玲奈と藤之助に聞いた。

「陣内様、座光寺藤之助に少しでも外界を知らしめようと東風に帆を張っただけにございます」

玲奈が藤之助の虚言に合わせた。

「五島になんぞ藤之助に知らしめたいことでもあるというか」

「それは陣内様とて同じことにございましょう」

「いかにもさようであった。よし、穿鑿《せんさく》はもはや致さぬ」

炊き方の文吉が酒と肴《さかな》を運んできた。

嘉右衛門が二人の盃《さかずき》に酒を注いでくれた。代わりに玲奈が嘉右衛門のそれを満たした。

「玲奈どの、この年になればだれといって会いたき人物も見当たらぬ。だがな、この座光寺藤之助だけは時に会《お》うてみたいと思うことがある」

「陣内様、そのお言葉、玲奈にはよう分かります」

ほう、と頷いた嘉右衛門が、

「惚《ほ》れられたか、座光寺藤之助に」

「はい」

玲奈の答えは素直にして明快だった。

しばし笑みを浮かべた顔で黙していた嘉右衛門が、

「玲奈どの、この座光寺藤之助とそなた、江戸でも評判の二人組には違いない。なあに幕府の連中などがどのように考えようと破天荒《はてんこう》の二人ならばどのような難関でも切り抜けられよう。そのような人物がただ今のこの国には必要なのだ。だがな……」

嘉右衛門はしばし口を閉ざし、溜めていた言葉を続けた。

「なんとのう、二人の先行きがこの年寄には窺い知れぬ。それがなあ、案じられるのじゃ」

しみじみとした嘉右衛門の言葉に、玲奈が素直に頷いた。

「陣内様、私には藤之助と別れて生きる幸せがあるとも思いませぬ。また私どもが二人いることで不運な未来が襲いくるなれば、それもまた二人の天命かと存じます」

玲奈の正直な吐露に藤之助が頷き、嘉右衛門が、

「余計なことを申したな」

と詫《わ》びた。

# 第二章　万願寺幽閉

## 一

早朝、嘉永《かえい》三年に完成したばかりの福江《ふくえ》城内演武場から朝稽古《あさげいこ》の声が響いていた。

藤之助《とうのすけ》は独り福江城の大手門に立った。

「どなたか」

門番が誰何《すいか》した。

「それがし、老中首座堀田《ほった》様年寄目付《としよりめつけ》陣内嘉右衛門《じんないかえもん》様の口利きにて演武場での稽古を許された座光寺《ざこうじ》藤之助にござる。稽古見学のために演武場に罷《まか》り越したい」

「おおっ、城中よりお達しがござった。案内仕《つかまつ》る」

家臣自らが藤之助の案内に立った。

昨夕、五島《ごとう》家の稽古を見学したいと嘉右衛門に願っていた。すると嘉右衛門がその場で手紙を認《したた》め、江戸丸《えどまる》の水夫《かこ》を使いに立ててくれた。

「造作をお掛けする」

「なんのことがござろうか」

藤之助と同年輩と思える家臣が提灯《ちょうちん》を手に藤之助を城内へと導いた。

「剣術ご指南はどなたにございますな」

「桜井海太郎重忠《さくらいかいたろうしげただ》先生にございます」

と答えた家臣に、

「当家では文武がお盛んな藩風と聞いております」

「育英館《いくえいかん》規には毎月一の日は五経講釈、三の日は訓導師講釈、四の日は詩文会、五の日は会読、八の日は輪講と決まり、十一日は特に家中全員が阿野《あの》先生の講釈を受けます。育英館に学ぶ子弟は登校六つ半、下校七つ半を厳守して、武術の鍛錬はそれ以前の六つ半前に行います」

二人が上がる石段はまだ真っ暗であった。

「われら家中一統だれしも武芸免許を取得するか、七部書を熟読して修めねば家禄世襲が許されません。それゆえ家中だれしも必死です」

城内への御門を潜《くぐ》った。すると演武場と呼ばれる武芸鍛錬の建物が提灯の明かりに浮かんだ。

東空にうっすらとした光が走った。

「こちらからどうぞ」

演武場表玄関から若侍は藤之助を招じ入れようとした。

藤之助は腰の藤源次助真《とうげんじすけざね》を抜くと演武場に向かい、一礼して草履《ぞうり》を脱いだ。

まだ薄暗い演武場では数十人の家臣が木刀の素振りをしていた。

「桜井先生、客人をお連れ致しました」

「若槻《わかつき》か」

と指導をしていた桜井が藤之助を見た。

稽古が中断された。

「座光寺藤之助にございます」

「長崎海軍伝習所剣術師範座光寺どのの噂、この五島にも伝わっており申す。よう参られた」

桜井の言葉に演武場が沸いた。

「どのような噂か存じませぬが埒《らち》もなきものにございましょう」

「五島は海に囲まれた藩領ゆえ、かような機会は滅多《めった》にござらぬ。座光寺先生のご指導を願おう」

「それがし、お稽古見学に参ったつもりでしたが」

「座光寺先生ほどの武芸者が見学だけで満足なされますまい。自ら五島の力を試されよ」

そうまで言われれば藤之助も首肯《しゅこう》するしかない。若くして海軍伝習所剣術教授方の肩書きを持たされた藤之助の宿命だ。抗することより素直に受ける、それが藤之助の気持ちだ。

直《す》ぐに稽古していた家臣団から数名が選抜された。

「お願い申します」

大小の代わりに竹刀を握り、体を動かした。嘉右衛門と酒を酌《く》み交わした酔いはすでに体内から抜けていた。

「物頭《ものがしら》支配下久賀彦兵衛《くがひこべえ》にござる、よろしくご指導の程願い申す」

久賀は壮年の家臣で背丈は五尺五寸余りだが、いかにも武術訓練で鍛え上げられた五体をしていた。

桜井は五島家中の腕利きを最初に藤之助にぶつけてきたようだ。

対戦者が礼をし合ったとき、演武場に朝の光が差し込んで竹刀を構え合った二人を浮かび上がらせた。

相正眼《あいせいがん》、竹刀の先端はほぼ同じ高さにあった。

久賀は構え合った瞬間、藤之助の体が茫漠《ぼうばく》として摑《つか》み所《どころ》がないぞと思った。初めて経験する感触だ。

(これが長崎を騒がす若い幕臣か)

座光寺藤之助に関する風聞はすべて船乗りによってもたらされたものだ。どれもが現実離れした話であった。時に島に渡ってくる講談師などが語る大仰《おおぎよう》な武術談にも似ていた。

(どうも勝手が違うな)

と久賀は自ら仕掛けることにした。

「おおっ」

と腹に響く気合を発した久賀は一気に間合いを詰めて、相手の竹刀を弾くと得意の面打ちに出た。

ぱちん、と竹刀が触れ合い、電撃の面打ちを放った。

その瞬間、相手の長軀《ちょうく》がふわりと動き、躱《かわ》された。

久賀は即座に反転すると次の手を小手に落とそうとした。

そのとき、久賀の眼前に大きな影が立ち塞《ふさ》がっていた。

うっ
なにが起こったか、即座に理解が付かなかった。次の瞬間、小手に振るおうとした竹刀が手から巻き落とされて飛んでいた。

久賀は呆然《ぼうぜん》としつつも次の攻撃を避けるために飛び下がった。

影は動かない。ただ、じいっ、と最前からその場にあって久賀の動きに合わせていたことが分かった。

呆然自失としていた久賀が、

「座光寺先生、不覚にござった」

と言い訳をしつつ床に転がった竹刀を拾おうとしたが、手が痺《しび》れて摑めなかった。

「久賀、いかが致した」

桜井が五島家家中でも三指に入る高弟に尋ねた。

「桜井先生、それがし、何が起こったか。お恥ずかしき次第ながら、わが竹刀がどう巻き落とされたか見当も付きませぬ」

「座光寺どのが気配もなくゆったりと動かれたように見えた。その後、そなたの手から竹刀が飛び落ちておった。残念ながらこの桜井海太郎にも察しがつかぬ」

と呟《つぶや》いた桜井がぴたりと藤之助の前に正座した。

剣術師範が正座して師弟の礼を取ろうとしていた。久賀らもそれに見習った。

藤之助もその場に座した。

「長崎から聞こえて参った風聞の数々、大仰でも誇張されたものでもござらなかった。座光寺藤之助先生、われらの未熟を久賀が身をもって教えてくれ申した。なにが起こったのかさえ、長年剣術に携わってきたそれがしにも見通すことは出来ませなんだ、剣術師範失格にござる。われら座光寺藤之助先生を師と仰ぐことに決め申した」

なんとも潔い桜井の言動だった。

「桜井先生、師弟の契《ちぎ》りなどできましょうか。同じ剣の道を志《こころざ》すわれらにござる、同好の士として稽古をお願い申します」

藤之助も必死に願った。

「座光寺先生にそう申されては、われら引っ込みが付かぬ」

と桜井が困惑した。

そのとき、演武場に人の気配がした。

「総裁」

と桜井が慌《あわ》て、その人物の傍《かたわ》らに陣内嘉右衛門がいた。

育英館の建設の総支配をなした五島藩国家老青方田宮運善《あおかたたみやうんぜん》その人だった。そして、今では育英館の総裁の任にも就いていた。

「桜井、歯も立たぬか」

「それがし、本日ただ今をもって剣術指南を辞退致します」

「止《や》めておけ。長崎奉行所ばかりか出島《でじま》の阿蘭陀《オランダ》人、唐人、さらには黒蛇頭首魁老陳《くろじゃとうろうちん》とその一統をきりきり舞いさせてきた座光寺どのだ。五島藩が太刀打《たちう》ちできるはずもないわ、致し方あるまい」

「ご家老」

と桜井がその場に平伏した。

「桜井、頭を上げよ。その方の面子《メンツ》が立つように座光寺どのに願《ねご》うてみる」

と青方が藤之助に視線を向けた。

「座光寺どの、桜井らはそなたが使《つこ》うた技が見えなかったと申す。後学のため教えてくれぬか」

「ご家老様、恐縮至極《しごく》にございます。五島では見かけられぬ流儀ゆえ戸惑われたのでございましょう。未熟な技でよければ披露申します、それにて得心して下され」

と藤之助は願った。

竹刀を真剣に替えた。

神棚に改めて拝礼した藤之助は道場の一角に座すと、

「それがし、直参《じきさん》旗本の身分ながら信濃国伊那谷山吹領《しなののくにいなだにやまぶき》と申す草深い所領地で育ち申した。この山吹陣屋に伝わる剣技は戦場往来の実戦剣法にございましてな、この武骨一辺倒の剣技に江戸の町道場主、朝山《あさやま》一伝流森戸《もりと》隅太《すみた》師の流儀を加えて完成したのが信濃一傳流《いちでんりゅう》と言い伝えられております。それがし、物心ついてよりこの田舎剣法を遊び代わりに修行して参りました」

藤之助の思いがけない告白に演武場の一同が謹聴した。

「それがし、故あって座光寺家を継ぎ申した折、剣の師であった陣屋家老片桐朝和神無斎《かたぎりあさかじんむさい》から初めて信濃一傳流奥義を伝授されました。その技、この場にて披露致します。それにて皆様の懸念にお応え致したい」

「なんとわれらに奥義を披露なさると申されるか」

青方が驚きの声を上げた。

「どなたか、線香をお持ち下さらぬか」

藤之助の願いは直ぐに聞き入れられた。

演武場の床のあちこちに火が点《つ》いた線香が立てられ、藤之助がその真ん中にすっくと立った。

そのとき、一座の者は六尺豊かな若武者がさらに一回りもふた回りも大きくなったような錯覚に捉われた。

「信濃一傳流奥義正舞《せいまい》四手従踊《じゅうよう》八手、座光寺左京為清《さきょうためすが》、五島藩育英館神棚に奉納申す」

腰に手挟《たばさ》んだ藤源次助真刃渡り二尺六寸五分が抜き放たれた。

助真を手に藤之助が演武場で見せたものは剣術の概念を超越していた。

能か舞いのような緩やかな動きに、まず一同が驚きの目で見入った。その上、緩やかな動きと太刀筋でありながら、どこにも弛《し》緩《かん》なく付け入る隙《すき》がなかった。少し膝《ひざ》を曲げた前屈《まえかが》みの姿勢で藤之助が動くとき、神韻縹渺《しんいんひょうびょう》とした香気と緊張が辺りに漂った。

そして、その場にある者が理解した。たとえ緩やかと見えた動きを中断させようと意図した攻撃者がいたとしても幽玄《ゆうげん》の動きに巻き込まれ、手厳しい反撃を喰《く》らうことを。それが桜井海太郎らを驚嘆させた技前《わざまえ》であった。

どれほどの時間が流れたか。

その場にある全員が忘我として、

「時間の経過」

を失念していた。

悠久の時が流れたようでもあり、刹那《せつな》でもあったように思えた。

藤之助が再び神棚に向かい、拝礼したとき、
ふうっ
と吐かれる息が重なって聞こえた。

「我はなんということを座光寺藤之助どのに願ったか」

青方田宮運善が囁《ささや》いた。

「青方様、そなたが驚くのは至極当然のこと」

と陣内嘉右衛門が呟いた。こちらの顔にも驚きの表情が見られた。

「それはまたどういう意にございますな」

「それがし、江戸ではだれも知らぬ交代寄合衆座光寺藤之助を長崎に送り込んだ人物にござる。この者をいささかなりとも承知しておると自負してきたが、それがし、なにも知らなんだわ」

「陣内様をしてそうなれば、われらが座光寺藤之助どのを知らずして仕掛けた非礼を

許してもらおうか。のう、桜井」

と青方が桜井海太郎に話し掛けた。

「総裁、なんとわが剣術の小さきことにございましょうか」

「奥が知れぬなどと小ざかしい解説は致すまい。じゃが、座光寺藤之助どのに長崎じゅうがひっくり返されたのはよう分かる」

青方運善の笑い声が育英館演武場に高く響き渡った。


その夕方、レイナ号は再びライスケン号と椛島《かばしま》沖で合流した。玲奈《れいな》だけが艦上に上がり、藤之助はレイナ号で待つことになった。

藤之助は信濃一傳流奥義披露の後、演武場で家臣を相手に一刻《いっとき》ほど打ち込み稽古に汗を流した。もはや教える者教えられる者、なんの蟠《わだかま》りもない武術の稽古であった。

家臣団が教堂に移り、藤之助は嘉右衛門と一緒に朝餉《あさげ》を馳走になった。

短い五島藩福江城下訪問だった。だが、藤之助にとって貴重な体験になった。そして、徳川幕府の、いや、日本という国家の行く末がさらに鮮明に藤之助の脳裏に思い描かれたのだ。

その機会を与えてくれた玲奈にはどれほど感謝しても感謝し尽くせなかった。

日が落ちて半刻後、ライスケン号の簡易階段が軋《きし》み、なにか食べ物の匂いと一緒に玲奈が下りてきた。

「藤之助、長崎に戻るわ」

どうやら玲奈の用件は終わったようだ。

「承知した」

藤之助はレイナ号の出帆《しゅっぱん》の仕度《したく》を即座に整えた。

小帆艇が鋼鉄の大型砲艦の舷側《げんそく》を離れ、東の海へと突き進み始めた。

風は向かい風だがレイナ号は斜めに切り上がる間切り走りで長崎を目指すことになった。

「お腹が空いたでしょ、ライスケン号の料理人が温かいものを用意してくれたわ」

玲奈は蓋《ふた》付きの籠《かご》から深皿を取り出した。そこには大きな肉の塊《かたまり》とじゃが芋、人参などがあっていい匂いを放っていた。湯気が立ち昇っているところを見ると調理仕立てのようだった。

籠には大きな麵麭《パン》や取り皿やナイフ、フォークも添えられていた。

「葡萄酒《チンタ》を出して」

玲奈の命に藤之助は船室に入り、呑み残しの赤葡萄酒とグラスを船尾に持ち出した。籠を卓代わりに夕餉《ゆうげ》が始まった。

「玲奈、五島の首尾はどうであったな」

「上手《うま》く運んだものもあり、当てが外れたものもあるわ」

「山高帽子の紅毛人らは何者だ」

「蘇格蘭《スコットランド》生まれのトーマス・グラバーとその一行よ。交易商人だけどただ今の一番の商品は武器弾薬ね」

「武器商人ではないか」

「そういってもいいわ」

蘇格蘭のブリッジ・オブ・ドーンに生まれたグラバーが正式に長崎に来航するのは、開港直後の安政《あんせい》六年（一八五九）のことだ。

「グラバーはただの武器商人ではないわ。日本の行く末を見定めて動こうとしているの」

「なにをしようというのか」

「幕府に代わる勢力がどこか知りたがっているわ。すでにグラバーは薩摩《さつま》とは繋《つな》がりがあると見たほうがいい」

「異国の商人らにとって、徳川幕府崩壊はすでに既定のことか」

「まあ、そんなとこね」

　と苦笑いした玲奈が、

「冷えないうちに食べなさい」

　と肉や野菜を藤之助の皿に切り分けて差し出した。

「頂戴しよう」

　肉は表面だけが焼けて内部は生《なま》のように見えた。

「ローストビーフという英吉利《イギリス》の食べ物よ。生焼けに見えて嫌かもしれないけど賞味してご覧なさい」

　藤之助は玲奈に勧められるままに肉を頬張《ほおば》り、

「うーむ」

　と声を洩《も》らした。

「だめ」

「なんとも美味かな、このような料理食べたこともないわ」

「藤之助は変わり者の和人ね」

　と玲奈が笑った。

その夜、二人は一晩じゅうレイナ号の操船に追われた。向かい風で夜が明けてもまだ直線四十八里の半分ほども進んでなかった。

「行きはよいよい帰りは辛いな」

「これが帆船の醍醐味よ」

次の日、鈍色《にびいろ》の空の下、玲奈と藤之助は風を求めて格闘した。

肥前《ひぜん》の陸影が見えてきたのはその日の夕刻だ。

「なんとか二晩は徹夜せずにすみそうね」

さすがの玲奈もうんざりした様子の中に安堵《あんど》の表情を見せた。

「さて長崎に戻るとなると、どのような沙汰が待ち受けておるか」

「藤之助、リボルバーを預かっておくわ」

玲奈は本気の顔だ。

諸肌《もろはだ》を脱いだ藤之助は革鞘《ホルダー》の革帯を外してくるくると肌に馴染《なじ》んだ武器に巻き付け、

「お返しいたそう」

と差し出した。玲奈が受け取りながら言った。

「長崎奉行荒尾《あらお》石見守《いわみのかみ》様のお沙汰《さた》がどのようなものであれ、慎んでお受けしなさい」

藤之助は玲奈の顔を正視した。玲奈が藤之助の胸に顔を寄せると、

「約束して」

「それが玲奈のためになることか」

「いえ、藤之助のためになることよ」

藤之助は両手で玲奈の頬を挟み、顔を見た。

玲奈の目が必死で訴えていた。

「よかろう。たとえそれが死罪であったにしても黙ってお受け致そうか」

と藤之助は言い切った。

二

無断外泊四日の座光寺藤之助が海軍伝習所の門を潜り、門衛に挨拶《あいさつ》して師範宿舎に戻った。すると門衛が知らせたか、酒井栄五郎《さかいえいごろう》と一柳聖次郎《ひとつやなぎせいじろう》がすっ飛んで姿を見せた。

「藤之助、どこに参っておった。教授方が無断でいなくなったというので、伝習所は大騒ぎであったぞ」

栄五郎が詰問し、

「長崎じゅうの知り合いに問い合わせたがどこにもおらぬ。高島《たかしま》玲奈嬢と一緒か」

「さあてのう」

「藤之助、奉行の荒尾様、総監永井《ながい》様も今度ばかりはご立腹というぞ。そなた、申し開きできような」

聖次郎は無言のまま二人の友の会話と挙動を窺《うかが》っていた。

「栄五郎、預けておこう」

藤之助は銃弾が入った革袋を栄五郎に差し出した。

「なんだ、これは」

手にした栄五郎がその重さに、
うむっ
という表情を見せた。

「そなたらしか頼む者はおらんでな、仕舞《しま》っておいてくれ」

栄五郎が慌《あわ》てて懐《ふところ》に革袋を突っ込んだとき、廊下に乱暴な足音が響き渡った。

最初に襖《ふすま》を開いて飛び込んできたのは、土足のままの長崎奉行所付密偵佐城《さじょう》の利吉《りきち》だ。

藤之助がじろりとその無作法を咎《とが》めるように利吉を見た。

「今度ばかりはてめえの面《つら》の皮をひん剝《む》いてみせるぜ」

利吉が十手を突き出し、

「神妙にしねえ」

と叫んだ。

一柳聖次郎が傍《かたわ》らにおいてあった大刀を掴むと鞘《さや》ごと利吉の足をかっ払った。利吉の体が宙に浮き、
どさり
と廊下に背中から叩《たた》き付けられた。その勢いで草履が脱げた。

「下郎、礼儀を心得よ。座光寺先生は直参旗本、幕府直轄《ちょっかつ》海軍伝習所の剣術教授方の身分であられる。長崎奉行所の密偵風情があれこれと穿鑿《せんさく》するは筋違い！」

火を吐くような聖次郎の言葉に利吉がそれでも必死に立ち上がった。

新たな人の気配がして、のっそりと諍《いさか》いの場に姿を見せた人物がいた。

なぜか長崎に長期逗留《とうりゅう》を決め込む幕府大目付宗門御改《おおめつけしゅうもんおあらため》　大久保《おおくぼ》肥後守《ひごのかみ》純友《すみとも》だ。大久保は先の三番崩れ騒ぎで功があった人物で、この一件の指揮は江戸でも高い評価を得ていた。

大久保は背後に配下の与力同心を従えていた。

「座光寺藤之助どの、ちと詮議したき儀あり。立山《たてやま》支所まで同道願おうか」

「大久保様の身分職掌《しょくしょう》は宗門御改と承知しており申す。直参旗本にして海軍伝習所教授方を統括するのは長崎奉行及び伝習所総監にござろう。詮議はちと異なものと心得る。お下がりなされ」

と栄五郎が藤之助に代わって言い切った。

「なにっ」

大久保の白面が紅潮し、刀の柄《つか》に手が掛かった。

「その方ら、座光寺に加担致さば同罪とみて取り調べる」

「面白い」

栄五郎も片膝《かたひざ》を突き、傍らの剣を引き寄せた。一柳聖次郎も栄五郎に同調した。

この場で静寂を保つのは藤之助一人だ。

「栄五郎、聖次郎、そなたらの気持ち有り難く頂戴致す。大久保様はお役目柄の詮議であろう」

と長閑《のどか》に言いかけると傍らの藤源次助真を手に、

「同道致します」

と立ち上がった。すると利吉が、

「最初から大人《おとな》しくすればいいものを」

と吐き捨て、

「大小を預かるぜ」

と藤之助の助真の鞘を摑んだ。

ふわり
と藤之助の手が動いて捻《ひね》られ、利吉の体が再び虚空に舞うと廊下に叩き付けられた。

「抗《あらが》うか」

大久保が叫んで刀を抜こうとした。

「お騒ぎあるな。刀は武士の魂《たましい》と申す。然《しか》るべき人物にお預け申そうか」

大久保が同道した与力同心の中に長崎目付光村作太郎《こうむらさくたろう》の顔を見出し、腰の脇差長治《わきざしおさはる》と一緒に差し出した。

「確かに」

と受け取る作太郎に頷《うなず》き返した藤之助が、

「大久保様、参りましょうか」

と平静の声で言った。

「座光寺藤之助」

「栄五郎、案ずるな」

藤之助はその言葉を残して伝習所教授方の宿舎から長崎奉行所立山支所拷問倉《ごうもんぐら》へと連れ込まれた。

この場には光村作太郎も入ることを許されず、大久保純友一派の忠臣しかいなかった。

二度目に入った拷問倉に藤之助は血の匂いを嗅《か》いでいた。未《いま》だ隠れきりしたんへの厳しい拷問の痕跡が濃く漂い残っていた。

天井の梁《はり》から垂れた縄には隠れきりしたんの血と涙と汗がこびりついていた。

「このような場所でなにを糾《ただ》されようというのか」

大久保純友は拷問倉の一角に設けられた高床に床机《しょうぎ》を据《す》えてどっかと腰を下ろし、折れ弓を手にしていた。

「この四日、どちらにおったか」

「近頃体を苛《いじ》めておりませぬ。長崎湾を囲む金比羅山《こんぴらさん》、稲佐山《いなさやま》と尾根から尾根へ昼夜を問わず走り回る山修行をしておりました」

「伝習所剣術教授方の職務を放棄しての山修行と申すか」

「熱中するあまりついうっかりと」

「失念したと申すか。それで幕臣の務めが果たせると思うてか」

「いつしか数日が過ぎたようにございますな。これより荒尾奉行、永井総監に無断での山修行を報告し、いかなる沙汰もお受けする所存にござる」

「伊那の山猿め、あれこれと口も廻《まわ》ることよのう」

会釈した藤之助は拷問倉の出口に向かった。すると与力同心がその行く手に立ち塞がった。

「座光寺、用は終わってはおらぬ」

大久保が土間の同心らに向かって顎《あご》を振り、何事か命じた。すると利吉が縄を手に藤之助の前に姿を見せた。

「ほう、密偵風情が交代寄合伊那衆座光寺家の当主に縄を掛けると申されるか」

「抗《あらが》うか」

「事の次第によっては」

藤之助が高床の大久保純友を睨《にら》み据えた。

「ならば高島家に与力同心を派遣致し、高島家の小娘をひっ捕らえて体に聞くがよいか」

「高島玲奈様に理不尽な拷問を加えると申されるか。大久保純友どの、そなた、長崎を理解しておられぬな」

「理解しておらぬとはどういうことか、座光寺」

「玲奈様は長崎町年寄高島了悦《りょうえつ》様の孫娘、彼女に指一本でも触れるとなると大久保様、長崎会所《かいしょ》を敵に回すことになりましょうぞ」

「長崎会所を監督するは長崎奉行所、その上には江戸幕府がある。会所など何事かあらん」

「長崎会所の隠された力を甘く見られると手酷《てひど》い火傷《やけど》を負うことになりましょうな。今や西国の雄藩が長崎会所の異国からの情報と人脈に頼っておるのですぞ」

「その方、異人の考えにどっぷりと毒されたようだな」

大久保が与力同心に顎で命じた。高島家に捕り方を派遣する命を下したのだ。

「大久保どの、それがし、幕府と長崎会所が干戈《かんか》を交えることを望みませぬ。この時節、そのような無益な争いを続ける余裕など双方にございませぬからな」

藤之助はぺたりとその場に座した。それを見た利吉が得意げに、

「最初から大人しくすればいいんだよ、手間をかけやがって。ほれ、両手を後ろに回

さねえか」

と乱暴に藤之助の両手を後ろ手に縛り上げ、さらに拷問倉の梁から下げられた縄と藤之助の体を縛った縄が結ばれると滑車で半吊りに持ち上げた。

藤之助の足が土間から二尺ほど浮いた。

「利吉、こやつ、どれほど持つか、問うてみるか」

「隠れきりしたんは邪教を信じてますからね、痛みなんぞは感じますまい。こやつは隠れほど我慢し切れるとも思えないがね」

と嘯《うそぶ》く利吉の足元に折れ弓が投げられた。

「大久保様、一刻後には泣きの涙で許しを乞《こ》いますって」

利吉は折れ弓を摑んだ手に柄杓《ひしゃく》の水を吹き掛け、

「そうれっ」

と藤之助の体を左右に揺らすと、

「ちいとばかりいい気になった報いだ。たっぷりと思い知らせてやるぜ」

と折れ弓を藤之助の背に叩き付けた。

撃痛が走ったが藤之助の顔は平然としていた。

「今のうちだ。そのうち、この利吉様に殺してくれと哀願するようになる」

利吉の責めが本式に始まった。

藤之助の体じゅうを折れ弓が強打し続けると、着ていた衣服が破れ、肌と肉が切れて血が滲《にじ》み出てきた。

「どうだ、ちったあ応えたか」

「下郎、伊那谷の蜂のほうがまだ痛いわ」

「吐《ぬ》かしたな。これでも食らえ」

と利吉が力任せに連打した。

藤之助の髷《まげ》がざんばらになり、目の端から血が噴き出した。

「どうだ」

「まだまだ」

利吉と藤之助の根競《こんくら》べのように拷問が一刻、一刻半と続いた。

藤之助は意識が朦朧《もうろう》としてきたが気を失うことは敗北と考え、ひたすら責める利吉の動きを睨み続けた。だが、痛みより縄で吊るされて揺すられることで藤之助の三半規管が狂ってきた。いつしか激しい頭痛が見舞い、
かくん
と意識がなくなろうとしてはまた覚醒した。

利吉の折れ弓がばらばらに砕け、新たに青竹が用意された。その青竹が何本か替えられたとき、拷問倉に、

どどっ

と人が入り込んだ気配がした。

冷たい風が吹き込み、藤之助の意識をはっきりとさせた。

「大久保純友、だれに断わり海軍伝習所剣術教授方座光寺藤之助に拷問吟味《ぎんみ》を加えるや」

勝麟太郎《かつりんたろう》の声が凛然《りんぜん》と響き、その声が藤之助の耳にも届いた。

「重立取扱《じゅうたつとりあつかい》の出る幕ではない」

大久保が吐き捨てた。だが、新たな人物が拷問倉に入ってきた。

長崎奉行荒尾石見守成充《しげまさ》と伝習所初代総監永井玄蕃頭尚志《げんばのかみなおゆき》の二人だ。

「大久保氏、われらが長崎を留守した折を見計らい、越権に及んだな」

「越権と申されたか、奉行」

「いかにも」

「この大久保純友、老中より幕府大目付宗門御改を任されておる。座光寺藤之助には予《かね》てより隠れきりしたんとの交流の噂あり。此度《こたび》長崎を無断にて不在にした理由もま

た隠れきりしたんと会《お》うたとの情報あり、宗門御改にとって看過できぬ次第であってな。奉行、総監、それがしの職務を邪魔立てなさるとなると座光寺に加担したと幕閣にお疑いを持たれますぞ。よろしいか」

と大久保が江戸幕府から派遣されてきた長崎奉行と伝習所総監の最高幹部を睨み返し、牽制《けんせい》した。

大目付は大名諸家の監督が第一だが、そのほかにも広範囲の職務権限を持たされていた。荒尾も永井も大目付の職務をとくと承知していたから黙するしかない。

「待たれよ、大久保どの」

勝麟太郎が口を挟んだ。

「座光寺どのが隠れきりしたんと交流するというしかとした証拠がござるのか、ござろうな」

「今にこの四日どこにいたか自白致すわ。ご一同、謹聴なされよ」

と大久保が乱暴にも言い放ち、利吉に再び責めを続けよと命じた。

「待たれよ」

拷問倉に新たな声が響いた。

老中首座堀田正睦《まさよし》の年寄目付陣内嘉右衛門が飄然《ひょうぜん》と拷問倉に入ってくると、

「大久保純友どの、お役目ご苦労に存ずる」

「どなたかな」

「老中首座堀田正睦の年寄目付にござるよ。そこもととは江戸でも長崎でも行き違い、此度が初対面じゃな」

「陣内嘉右衛門様」

大久保が嫌な奴が姿を見せたという表情で呟き、訊《き》き返した。

「ただ今、取り込んでござる。何用でござろうか」

「この座光寺藤之助を長崎に派遣したのはそれがしの主《あるじ》どのでな、言わば座光寺の後ろ盾は老中首座堀田正睦にござるよ、それをおぬし、ご承知か」

「うっ」

と大久保が言葉を詰まらせた。

「そなたの職務熱心、この陣内、とくと感心致した」

「ならば尋問を続けてようございますな」

「大久保氏、座光寺藤之助とこの四日行動を共に致したは、それがしでな」

「な、なんと」

「堀田正睦の御用ゆえ大目付のそなたにもその内容は申せぬ。じゃが、陣内嘉右衛門と一緒に行動したは確かでな。座光寺もそなたの手先がいくら責めようと老中首座の御用であったと答えられるものか」

拷問倉に落胆と安堵《あんど》の感情が綯《な》い交《ま》ぜに流れ、漂った。

「勝どの、奉行所にはお医師がおられたな」

「はっ」

「連れていかれよ」

勝麟太郎の指揮で梁から吊るされた藤之助の体が下ろされ、戸板に乗せられて立山支所から西支所海軍伝習所に移され、外科医三好彦馬《みよしひこま》の診察を受けることになった。

「長崎でこの仁ほど忙しい人物もおらぬな。いつぞやは伝習所打ち返しに遭《お》うて大怪我を負われたが、此度はちと怪我の模様が違うな」

と言いながら、藤之助の身にぼろぼろになってへばりついた衣服を見習い医師らと協力して剝《は》ぎ取っていった。

「大久保純友の手先に拷問を受けたのです、三好先生」

付き添ってきた勝麟太郎が答え、

「剣術教授方を拷問に付すとはちと乱暴な」

「先生、大丈夫でしょうね」

「勝先生、この者は不死身でな」

三好彦馬が消毒液を浸《ひた》した軟布《やわぎれ》を藤之助の背中に当てた。ひんやりとした感触が藤之助の意識を覚醒させた。

「う、ううっ」

藤之助は勝麟太郎らに救い出されて診療所に移されたことをおぼろに承知していた。

「どうだ、加減は」

「三好先生、また世話になり申す」

「不死身とは申せ命は一つ、もそっと大事に使えぬのか」

「それがしが望んだことではございませんでな」

「命には別状ないがこの傷だ。二、三日高熱に悩まされるぞ」

「致し方ございませぬ」

と藤之助が答えたとき、診療所治療室に荒尾奉行と永井総監が入ってきた。

「座光寺藤之助、聞こえておるか」

「はっ」

と答えた藤之助は診療台の上に起き上がろうとして、

「じっとしておらぬか」

と三好医師にその場に押さえ付けられた。

「そのまま聞け。伝習所剣術教授方の職務をないがしろにして長崎を不在致したは不届き至極である」

荒尾らは陣内嘉右衛門の言葉が藤之助を拷問から助け出すための方便であることを見抜いていた。そこで直属上司として叱責しようとしていた。

「申し訳ございませぬ」

「沙汰を申し渡す」

「座光寺藤之助為清、長崎外れ万願寺《まんがんじ》の座敷牢押込め二月《ふたつき》を命ず。押込めの間、何人《なんぴと》たりとも面会叶《かな》わず。畏《かしこ》まってお受け致せ」

「恐縮至極にございます」

と藤之助は朦朧とする意識と痛みの中で二月幽閉の咎《とが》を受けた。そして、この一連の騒ぎの結末を玲奈は予測していたのだろうかと考えていた。

# 三

伊那谷に祭り囃子《ばやし》が響いていた。笛、太鼓、鉦《しょう》が鳴らされて、稚児が祭り衣装で神社の石段を上がった。

いつもは戸が閉められている奉納殿の舞台が見え、神楽《かぐら》が演じられていた。神輿《みこし》や屋台も見えた。

「藤之助、行道《ぎょうどう》が出るぞ、早《はよ》うせい」

お稚児姿の幼馴染《おさななじみ》の猪吉《いのきち》の声がした。

だが、藤之助は納戸部屋の暗闇に閉じ込められて出ることができなかった。

「猪吉、体が動かん」

「ちよはもう行ったぞ。残るはわれだけじゃ。おれは行くぞ」

猪吉の足音が遠のいていく。

(なぜ体が動かぬ)

藤之助は悶《もだ》えた。だが、手足の先がわずかに動くだけで体は、ぴくりともしなかった。

(おれは暗い納戸で生涯を過ごす身か)

絶望が藤之助を覆《おお》った。最前までわずかに動いていた手先足先まで凍《い》てついたように固まった。

（くそっ、どうしたことか）

ぴいひゃらぴいひゃら

神社から稚児行道が出立《しゅったつ》していくのが分かった。だが、藤之助の五体は一分《いちぶ》だって動かせない。

神社を出た稚児行道は桃の花が咲く山吹領を横切って伊那谷ぞいの街道に出て、天《てん》竜川《りゅうがわ》の流れの縁までいくのだ。

「いいな、ちよ、猪吉。おれは芋虫のように生涯を納戸部屋の闇で過ごす身だぞ」

藤之助の口からこの言葉が洩れて、瞼《まぶた》が潤《うる》んだ。

闇に光が走った。

浮かんだのは若い女だった。笑みを浮かべた貌《かお》が呼びかけた。

「藤之助、ここが辛抱我慢の時ですぞ」

「母者、おれがなにをした。なぜおれ一人、のけ者か」

「そなたが世に出るための辛抱です」

「世になど出のうてよい。ちよや猪吉と稚児行列に加わるのじゃ」

「藤之助、そなたを待っておられる人がおる。その人のための辛抱ですぞ」

「いつまでこうやっておらねばならぬ」

「さてそれは」

「分からぬのか」

「未来永劫《えいごう》続くかこの一瞬先に闇夜は消えるか、だれも分かりませぬのじゃ、藤之助」

女の貌が段々《だんだん》と遠のいていった。

「母者」

絶望の藤之助の脳裏に新たな光景が浮かんだ。

伊那谷に横殴りの吹雪が舞っていた。

桃の花びらが吹雪に萎《しぼ》み、稚児行道が逃げ惑っていた。

(なにが起こったか)

「ちよ、おれが助けに参るぞ」

藤之助は身動きが付かぬ身ということを忘れ、立ち上がろうとした。腰がひょろついたが、なんとか前屈みの恰好《かっこう》で床から起き上がった。

「よし、参る」

定まらぬ足腰を叱咤《しった》した藤之助は一歩踏み出そうと試みた。片足が闇に浮き上がり、地面へと下りた。

その瞬間、踏み出した足がずぶずぶと地中に埋もれ、五体が虚空に浮いた。

ああぁっ

奈落の底へと藤之助の体が落ちていく。もはや藤之助の意思ではどうにも抗しきれなかった。

(これが運命《さだめ》か)

藤之助は五体が闇の中でくるくると舞うのを感じながら、なすがままに身を任せるしかなかった。

時が消えた。

空間も感じられなくなった。

意識が途絶し、次に戻ったとき、長大な時が経過していたような気がした。

もはや落下は止まっていた。だが、二本の足で大地を踏みしめているわけでもなかった。

広大な空間、漆黒《しっこく》の闇に浮かんでいた。果てもなくただ浮遊していた。

それが藤之助の境涯だった。

ごとごとごと

規則正しい音がしていた。

（心臓の音やぞ）

生きておるということか。

闇の中で手を動かしてみた。すると動いた。

（なんだ、動くではないか）

手先を動かし、腕全体をゆっくりと回してみた。暗黒の中で藤之助の五体が動いたのか、動かないのか定かではなかった。

錯覚か。

藤之助は手先で顔を触ろうとした。

そのとき、藤之助の頰を柔らかな掌が撫《な》でた。

（だれじゃ、母者か）

藤之助が叫んだ途端、
ふうっ
と闇が消えていった。

うつ伏せに寝かせられていた。顔を上げると眩《まぶ》しくも強い光が藤之助の両眼を射た。慌てて瞼を閉じて、光の中に浮かんでいた貌の主に呼びかけた。

「ここはどこか」

遠い世界から懐かしい声が響いてきた。

「東シナ海よ」

(玲奈か。そうじゃな、玲奈じゃな)

どうやら座光寺藤之助は黄泉《よみ》への道を辿《たど》っているようだ。

(これがさだめか)

だれかが動く気配がしてなにか閉じられる音がした。

光が和らいだ。

「藤之助、ゆっくりと目を開けるのよ」

「玲奈、そなたも死んだか」

「藤之助、気を確かに持つの。瞼をゆっくりと開けてみて」

玲奈の声に誘われるように瞼を再び開いてみた。丸窓から差し込む光は布で遮光《しやこう》されて最前より柔らかくなっていた。

ふうっ
藤之助は一つ息を吐いた。ざらざらの唇《くちびる》を懐かしい指先が触った。

「水を呉《く》れぬか」

藤之助が生きてこの世にあることを確めるために玲奈と思《おぼ》しき女性に願った。する

と、ぎやまんの水差しが差し出され、

「ものを噛《か》むようにゆっくりと嚥下《えんか》するのよ」

と注意されながら器が傾けられた。

藤之助は注意されたにも拘わらず吸口に口を付けると一気に飲もうとして咳《せ》き込んだ。

「ほら、ご覧なさい。ゆっくりと言ったでしょ」

今度は少しだけ口に水を含み、ゆっくりと喉に落した。乾き切った五体に水分が行き渡るのが知覚できた。すると急激に藤之助の細胞がすみずみまで活性化し、意識も肉体も蘇《よみがえ》った。

「ふうっ、生きておったか」

「座光寺藤之助があの程度の責めで死ぬと思う」

玲奈の声が言い放った。

藤之助は恐る恐る手を上げて水差しを持つ手を触った。

「玲奈じゃ、確かに高島玲奈じゃな」

「そう、ここに高島玲奈がいるわよ。座光寺藤之助為清の傍らにね」

ふうっ

ともう一度息を吐くと水差しの吸口を啣《くわ》え、ごくりごくりと水を飲み干し、生きてこの世にあることを改めて確めた。

「玲奈、三好彦馬先生の診療所ではなさそうな」

「玲奈の家でもないわね、周りを見てご覧なさい」

藤之助は玲奈に介添えされて上体を起こした。

丸い窓、調度品、家具、どれを見ても初めて接するものばかりだ。それになにか初めて嗅《か》ぐ油の臭《にお》いがした。阿蘭陀《オランダ》船を訪れたときに嗅いだ臭いだ。

その上、床の下から、
ごとごと
と規則正しい音が響いてきた。

「おれは船に乗せられておるのか」

「東インド会社所属の砲艦ライスケン号よ」

「玲奈、おれをどこに連れていこうというのか」

「三好彦馬先生に治療を受けたことは記憶にあるの」

「かすかにな。だが、遠い昔のような気が致す」

「立山支所の拷問倉から診療所に移されて治療を受けた後、藤之助は高熱を発して意識を完全になくしたわ。熱が下がり、拷問の傷がかさぶたになったとき、水と一緒に眠り薬が与えられたの。藤之助は稲佐山《いなさやま》の東にある万願寺に移された」

「奉行の荒尾様から二月の蟄居《ちっきょ》が申し渡されたな」

「覚えていたのね」

「それがどうしてライスケン号に乗船しておる。そうか、そなたが万願寺から連れ出したな」

「藤之助、異国を見たくないの」

玲奈が不意に話柄《わへい》を転じた。

「なにっ、異国とな。われらは異国に向かう船旅をしておるのか」

「清国上海《しんシャンハイ》に向かうところよ」

「上海」

藤之助はいきなり脳天に面打ちを食らったように衝撃を受けたが、玲奈は平然としたものでただ頷いた。

「幕臣が幕府の禁令を破り、異国に渡海しようというに、おれの意思はなにもなしか」

「ご不満」

玲奈がにっこりと笑った。

「待て」

藤之助は、レイナ号で五島列島椛島沖へと船旅してライスケン号に出会った事実からその後起こった出来事を掘り起こしながら辿ってみた。

「玲奈、伝習所剣術方の務めを放棄して五島へと船旅したことも、このための布石か」

玲奈がこっくりと頷いた。

「陣内嘉右衛門様と会ったことも大目付大久保どのの手先に捕まることも荒尾奉行から二月謹慎蟄居を命じられたこともすべてお膳立ての内か」

「藤之助、お膳立ては否定しないけれど、予期せぬことが重なったの」

「予期せぬこととはなんだ」

「まず第一に福江で陣内様にお会いしたこと、さらには長崎に戻った夕刻、荒尾様と永井様が急な御用で長崎を離れていたことよ。それが大久保一派に一時藤之助の身を預けることになった理由よ」

「荒尾様も永井様もおれが異国に行くことを承知か」

玲奈が首肯《しゅこう》した。

「もはや陣内嘉右衛門様のご理解も得たわ」

「なんとおれの知らぬところで」

「怒ったの」

「今更《いまさら》怒ったところでどうなる。生きてこの世にあることを感謝せねばなるまいて」

藤之助は水を所望し、たっぷりと呑んだ。すると体の中に溜《た》まっていたもやもやが薄められて消えていくのが分かった。

「起きるぞ」

藤之助は寝台から足を床に伸ばした。

「五、六日、歩いてないことを忘れないで」

「知ったことか」

藤之助は西洋簞笥《だんす》の上に藤源次助真、脇差長治、小鉈《こなた》、そして、スミス・アンド・ウエッソン社製造の輪胴式五連発短銃が革鞘《ホルダー》に入ってあることを見ていた。

「寝巻きを脱ぎなさい」

玲奈に命ぜられて藤之助は浴衣《ゆかた》を脱ぎ捨てた。背中の傷は丁寧《ていねい》な治療が施されていた。治りかけたことを示して背のあちこちが痒《かゆ》かった。

「これを着るの」

小豆色《あずきいろ》の小紋《こもん》の小袖《こそで》も袴《はかま》も真新しかった。玲奈に手伝われて藤之助は身支度を整えた。

短銃と小鉈は身に付けなかったが脇差を帯に手挟《たばさ》み、助真を手にした。すると心身の緊張が戻るのを感じた。だが、助真が普段に増して重く感じられた。大小を腰に差すには無理がある。

「外気に触れてみたい」

「歩ける」

「そなたらに意思どおりにされた座光寺藤之助だが、意識が戻ればおれの五体だ。おれの意のままに動かしてみせる」

そろり

と一歩を踏み出した。

どこか雲の上でも歩く感じで腰がふわついた。だが、船室をぐるぐると数周歩くと手足にも腰にも力が蘇ってきた。だが、今一つ自信が持てなかった。

「玲奈、なんぞ食するものはないか」

玲奈が呆《あき》れたという顔をしたが、

「お待ちなさい、厨房でなにか作ってもらうわ」

玲奈が扉を開くと姿を消した。

藤之助は水差しに残った水を飲み、船室を歩き回った。さすがに異国の大艦だ。藤之助が寝かせられていた部屋とは別に控え部屋があって、玲奈はそこで寝泊りしているようだった。

藤之助は六畳ほどの広さの部屋をぐるぐる回り、眠っていた筋肉と神経を覚醒させた。

「お待たせ」

と玲奈が盆に湯気の立つ大皿料理を載せてきた。

「料理人に頼んでお昼のシチューを温め直してもらったわ」

大皿のスープに具の肉、じゃが芋、人参など野菜が見えた。それを部屋にある円卓に載せた。

「シチューの具はよく煮込んであるからスプーンで潰《つぶ》せるわ。それでもこの数日胃の腑《ふ》にはなに一つ食べ物を入れなかったわ、よく消化するように十分に咀嚼《そしやく》して食べるのよ」

玲奈が椅子に藤之助を座らせると白布を首に掛けてくれた。

「異国ではこのような白布を首に巻いて食するか」

「ナプキンと称して膝に広げたり襟元《えりもと》に挟んだりして衣服が汚れないようにするの。異国では一堂に大勢の人々が会して正式な晩餐《ばんさん》を催すことがしばしばあるわ。そのとき、食事の礼儀作法、道具を使う順番などが決まっているの。上流階級になればなるほど礼儀をきっちりと身につけねばならないわ」

「異国暮らしも楽ではないな」

藤之助の脳裏に能勢《のせ》隈之助《くまのすけ》があった。

能勢は銃の事故で片手を失っていた。残った片手で異国の作法で飲み食いをせねばならないのだ。傍らに異国事情を承知の高島玲奈がいて、いろいろと教えてくれる藤之助とは比較にもならない異国体験であろう。

「頂戴致す」

藤之助はスプーンでまずシチューの汁を掬《すく》い、啜《すす》り込んだ。

「藤之助、スープを食するとき、音を立てるのは一番無作法なことよ。満座の前でやると作法知らずと顰蹙《ひんしゆく》を買うことになるし、侮《あなど》られもするわ」

「音を立てて汁を吸ってはいかぬか」

「スプーンを貸して」

玲奈が優雅にスプーンを使い、口に運んだ。一切音を立てず、嚥下するとき喉が動かされただけだった。なにより作法に優雅な流れがあった。

「スープも嚙むようにして喉に流し込むの」

スプーンが返された。

「なんだか物を食った気がせぬな」

「藤之助、阿蘭陀商館長の一行がどれほど難儀して江戸城で饗応に与《あず》かっているか想像したことがある。膝を屈する習慣もない商館長らが長い脚を折って必死に見よう見《み》真似《まね》で箸《はし》を使うのよ」

「異国に出ればわれらも異人の作法を真似ることになるか」

「郷に入《い》れば郷に従え、よ。相手方の習慣や仕来《しきた》りを大事にすることがお互いの気持ちを通じ合わせることになるの」

「せいぜい見習おうか」

藤之助はゆっくりを心掛けながら麵麭《パン》と一緒にシチューなる料理を食し終えた。

「よし、これで力がついた」

「甲板に出てみる」

「外気に触れると生き返るでな」

藤之助は助真を腰に差してみた。もはや大刀を差し落としても腰がふらつくことはなかった。

「玲奈、もはや案ずることはない」

そのとき、上階から軍事教練を告げるラッパの音が響いてきた。

## 四

鉄扉が押し開けられ、玲奈に付き添われた藤之助は久しぶりの外気に触れた。重く湿った潮風が藤之助の顔を撫で、口を開いて大きく息を吸った。

「うまいぞ」

「船の船室には独特の臭いが籠《こも》っているものね」

玲奈もライスケン号の船室の臭気には悩まされていたのか、ほっとした顔をした。

軍事教練は二人の立つ足元から響いてきた。

藤之助が風に向かって上甲板を行くと、銃剣の稽古が大甲板で行われていた。そこは五島の椛島沖でライスケン号の水兵と藤之助が対決した場所であった。

藤之助は船首の先に視線を移し、大きくうねる鈍色《にびいろ》の大海原を見た。

「これが東シナ海か」

藤之助が初めて見る、果てしなき大海であった。

玲奈が船首の右手を指した。

「この百数十海里も先に清国の広大な大陸が広がっているわ。私たちが目指す上海は長崎からライスケン号で二泊三日の距離ね」

「なに、わずか二泊三日で上海に到着するか」

「何百年も前、遣唐使一行も渡っていかれた海よ、遠いようで近いのが清国なの。上海の南には寧波《ニンポー》、厦門《アモイ》、台湾の安平《アンペイ》、広東《コワントン》の澳門《マカオ》、海南島《ハイナンとう》、東京《トンキン》、フエ、トゥーラン、フェイフォ、広南《コワンナン》、ファンラン、ファンリ、占城《チャンパー》、太泥《バタニ》と交易船が碇《いかり》を下ろす湊《みなと》や都が並んでいるわ」

玲奈は藤之助が聞いたこともない湊の名を上げた。

藤之助は視線を海の果てにしばし預けていた。

不意に鉄扉が開く音がして鉄の階段を下りてくる気配がした。上甲板に姿を見せたのは五島椛島沖で会った名も知らぬ艦長だった。

軍服姿の艦長と玲奈が抱擁《ほうよう》を交わし、玲奈が、

「藤之助、東インド会社の東洋艦隊司令官にしてライスケン号のジョン・リー艦長を紹介するわ」

と引き合わせた。

此度が藤之助とリー艦長の初対面というわけか。リー艦長が藤之助の様子を観察しながら、何事か言った。

「この様子なら怪我ももう治ったようだと申されたわ」

「お陰で体調は元に復した、造作を掛けたと伝えてくれぬか」

玲奈が藤之助の言葉を伝え、さらに何事か言った。

「操舵室を見学するかとのお誘いよ」

「見たいな」

藤之助の言葉にリー艦長が上甲板から操舵室へと続く狭い鉄階段《タラップ》を示して自ら先頭に上がっていった。

藤之助は腰に差した助真を抜くと玲奈を先に上がらせた。藤之助が最後にタラップを上がり、ライスケン号の中でも一番高い船橋《ブリッジ》に出た。扉の向こうの操舵室には副長、当直士官、下士官など数人が操船を指揮していた。

清潔に整頓《せいとん》された操舵室には厳然とした規律があった。時折、計器を覗《のぞ》く下士官が上官に報告する静かな声のほかは寡黙が支配していた。

「この狭い操舵室からの操船で巨艦が整然と動くのか」

「この砲艦を動かす蒸気機関室は船底にあるの。そことは、ほら、あの伝声管を使って話が伝わるようになっているのよ」

舵輪の傍らにラッパの口のようなものが開いていた。

この巨艦を推進させる蒸気機関とはどのようなものか藤之助には想像もつかなかった。ただこのような推進力を考えた異人に畏敬の念を感じた。

「五島列島を通過して半日が過ぎている。明朝には揚州《ようしゅう》、上海に到着するわ」

ライスケン号の副長が玲奈に海図台を見るように言った。そこには日本から清国を示す地図が広げられていた。

「藤之助、これが長崎よ」

玲奈の白い指が長崎を指し、弧状にならぶ五島列島へと移動し、最後に東シナ海の一角を指した。

藤之助は操舵室の窓から海を見た。そして、地図に視線を戻した。

東シナ海の西側に広大な大陸が接していたが地図にはその一部しか記載されていなかった。

「清国の西の果ては海か」

「いえ、いくつもの国や高い峰の山々や砂漠があってそれは父の故国イスパニアや葡萄牙《ポルトガル》まで続くの。葡萄牙がユーラシア大陸の地の果てよ、私たちがいる東シナ海から一万余里はあると思うな」

「なんと清国と葡萄牙とは地続きか」

海も陸も果てしなく広大無辺で、藤之助の想像を絶していた。

「われらは江戸だ、京だ、長崎だと騒いでおったが、狭い地で三百余国が犇《ひしめ》き合《お》うてるのがわが日本か」

「藤之助にはそのことを知って欲しかったの」

藤之助は玲奈の言葉に頷くと、

「なにを見聞しなにをなすべきか。座光寺藤之助、玲奈の力を借りずにちと考える要があるな」

藤之助らはリー艦長らに礼を述べ、タラップを降りて上甲板から大甲板へと降りた。そこでは水兵らが調練に励んでいたがすでに藤之助とは知り合いだ。調練の指揮をとる士官が玲奈に会釈をし、藤之助を見ながら怪我の様子を玲奈に聞いたようだった。

「藤之助、あなたのことに皆が敬服しているの。初めて畏敬の念を抱いた日本人だというのよ」

「棒振りの真似をしただけだ、なんのことがあらん」

「剣術と射撃の腕でかれらを打ち負かした。だけどあなたに畏敬を感じるのはそのことだけではないの」

「では、なんだ」

「江戸幕府の侍には珍しい大らかな人柄と自由極まりない言動に、これまで見たことがない日本人を感じるというの」

「買い被《かぶ》られたものだな。それがしは異国のことをなにも知らぬ、言葉も話せぬ。ライスケン号では玲奈の付き添いがなければ赤子も同様だぞ」

「いつまでも赤子は赤子ではないわ。近い将来、藤之助が日本を動かす人物の一人になるとリー艦長らは思っているの」

「さあてのう」

藤之助は首を傾《かし》げ、

「少し体を動かしてみる」

「藤之助に無理をするなと命じても無駄ね」

「己《おのれ》の体は己が一番承知ゆえな」

緩やかに横に縦に揺れるライスケン号の船首から船尾の両舷《りょうげん》には通路が延びてい

た。揺れる船上を藤之助は両足を踏みしめながら歩き出した。最初、腰が浮き上がった感じであったが、船の揺れに藤之助の五体がすぐに順応した。藤之助は早足に変え、さらには走り出していた。

玲奈がその様子を呆《あき》れた顔で見ていたが船室へと戻っていった。

藤之助の額に汗が浮かんで流れ出し、頭に詰まっているもやもやした疑念や考えが祓《はら》われていった。

なにが問題で、なにが放念すべきか理解が付いた。

いつしか軍事教練は終わり、鈍色の空が西日に染まっていた。

藤之助はさらに四半刻《しはんとき》走り続けた。足を止めたときにはいつもの藤之助に戻っていた。

翌朝、ライスケン号は大海から黄色に染まった海、黄海《こうかい》へと突入していた。

そのとき、紅茶のカップを手にした藤之助と玲奈は上甲板に立っていた。

「長江《ちょうこう》奥地の両岸が流れに削られ、泥濘《でいねい》を海に押し流すせいで海の色が変わったのよ。もう直《す》ぐ長江の河口が見えてくるわ」

「長江とは大河という意味か」

「河口付近の揚州では揚子江《ようすこう》と呼ばれるわ、清国でも最長の川よ。その源流は大陸の奥地の青海《チンハイ》省に発して四川《しせん》盆地を経て華中の平野を東に流れて東シナ海に流れ込むの。その全長、千六百余里に達すると爺《じい》様から聞いたことがあるわ」

「千六百里とな」

すべて物事の単位が大きかった。

「江戸と長崎は陸路三百三十余里であったな、それの五倍も長い川がこの世にあるのか」

「藤之助、世界には私たちが知らないことばかりよ」

「いかにもさようかな」

東シナ海を汚すように黄色の流れが流入していた。

長江の河口にライスケン号は接近していた。

「これが河口というのか」

藤之助の概念を遥《はる》かに越えた川幅だった。

だが、湊は両岸のどこにも見えなかった。

「上海はどこにある」

「藤之助、今から、七、八百年前まで上海は黄浦江《ホワンプーチヤン》西岸の小さな漁村に過ぎなかったの。その頃は呉淞江《ウースンチャン》上流の青龍《チンロン》まで帆船が遡上《そじょう》していたの。ところが段々《だんだん》川幅が狭くなってそれまで通過していた上海に物資を荷揚げするようになって発展したの。海のほとりの市場という意味よ」

「上海は河港か」

「そう。河口から七、八里上がった長江に流れ込む黄浦江の河港だそうよ」

ライスケン号は船足を緩めて長江へ舳先《へさき》を突っ込ませていた。

上流から流れてくる流木が舳先に当って、
がんがん
と鳴った。

藤之助は黄色の河岸をいく馬を曳《ひ》く男を見ていた。汚れた長衣を着て、手に長い棒を手にしていた。どこか市場にでもいく道中か。

「玲奈、おれは今清国を見ておるのか」

「そう、私が初めて接する異国だわ」

「玲奈、そなたもか」

なぜか藤之助は玲奈が異国を承知していると錯覚していた。玲奈の体に流れる血がなせる仕業《しわざ》か。

「異国を訪ねるときは藤之助と一緒と思っていたわ。それが現実になった」

玲奈の口調には珍しく感慨があった。

「それがしも考えぬではなかった。だが、かくも早く思いがけないかたちで異郷の地を踏もうとは努々《ゆめゆめ》考えもしなかった」

玲奈が頷いた。

「玲奈、そろそろ打ち明けぬか」

「なんのこと」

玲奈が反問したが顔には動揺が表れていた。

「此度の上海行きだ。大目付大久保純友どのが長崎に滞在しておる折、それがしが異国に出るには、ちと大仰《おおぎょう》な道具立てと思うてな。座光寺藤之助に異国を体験させるとは、それなりの理由がなければなるまい」

玲奈が藤之助の顔を見た。だが、なにも答えない。

「どうやら長崎奉行の荒尾様、さらには伝習所総監永井様もこの企てを黙認しておられるように思える。さらに五島で偶然会《お》うた陣内様も得心された様子、また、そなたが長崎を不在にする以上、長崎会所と高島家が関わっておらねばおかしい。さらには阿蘭陀商館を通じて、このライスケン号、いや、東インド会社が関わる話かとも想像はつく」

藤之助が玲奈の横顔を見た。

すでにライスケン号は黄海から長江を遡《さかのぼ》っていた。右手には亜米利加《アメリカ》の旗が林立する一角があった。

虹口《ホンコウ》だ。

ぼおっぼおっ
と汽笛が鳴らされた。

ぱちぱちぱち
と玲奈が手を叩いた。

「ごめんなさい。ここまで黙っているつもりはなかったのだけど、手違いで大久保一味の手に藤之助が落ちてあなたの意思を確める暇がなかったの」

「そのことはもはやよい」

話すわ、と言った玲奈が藤之助の手から空の紅茶茶碗を取り、自分のものと一緒に船室に置きにいった。だが、直ぐに戻ってきた。

「二年前に話が遡るわ。嘉永七年（一八五四）が安政元年と変わった年、春先から長崎におろしゃの艦船の入湊《にゅうそう》が急に激しくなった。三月にはおろしゃ使節のプチャーチン提督が軍艦三隻を率いて長崎に入ったの」

「寄湊の理由はなんだ」

「蝦夷《えぞ》の北に樺太《からふと》島があるわ、藤之助は承知」

「いや、知らぬ」

「わが国とおろしやの国境が定まっていないの。プチャーチンは国境線の画定と両国の和親条約締結のために入湊してきたの。この折は長崎奉行所応接掛《おうせつがかり》筒井《つつい》様が応対にあたられ、江戸への書を受け取るだけで艦隊を引取らせた。その直後のことよ」

「此度の上海行きのなにかが起こったか」

頷いた玲奈が、

「長崎奉行大沢豊後守《おおさわぶんごのかみ》様と長崎会所幹部が密かに会合を重ね、長崎から上海へ二人の人物を派遣した」

「なんのためか」

「軍艦や大砲の調達の下見よ」

「ほう」

「藤之助はもう承知ね、阿片《あへん》戦争の敗北の結果、上海を始め五つの清国の港が開かれた。その結果、上海は西洋の出店と変じ、長崎で調達できない武器弾薬も上海でなら自由に入手することができるようになった。なにより長崎から上海は近いし、唐人貿易を通じてつながりもある。上海が着目された理由よ」

「江戸には無断でか」

「幕閣は公式には承知していなかった」

と玲奈が迂遠《うえん》な言い回しをした。

「でも幕閣の一部にはこの話は知らないわけではなかった。外国諸掛に産物方という一局を新たに設置して、『かねがね申上げ候通り、清国へ仕出船の御沙汰《ごさた》有候へば、彼地《かの》の模様次第、貿易取組みも心丈夫に出来仕《つかまつ》るべく』という考えがすでに議論され始めていたの。そのような長崎と江戸の考えの許、長崎に居ながら相手の交易に応ずるのではなく、こちらから上海に出向く交易の試みがなされた」

「その結果、長崎は二人の人物を二年前に上海に派遣したというか」

「長崎奉行所産物方岩城和次郎《いわきわじろう》様と長崎会所阿蘭陀通詞方石橋継種《いしばしつぐたね》の二人よ。石橋は英吉利語も堪能だった」

「以来、二人は上海に滞在しておったのじゃな」

玲奈が頷いた。

「いわば長崎の阿蘭陀商館のようなものを上海に岩城様と石橋の二人は模索して、季節季節に会所から相当の金子が上海に運ばれていた。今年の初夏、岩城様より長崎奉行所と会所に書状が届いたわ。どうにか上海出店が軌道に乗り、買い付けを始める段階に入ったという内容だったそうよ。それを最後に書状が途絶《とだ》えた」

ライスケン号が大きく転進していた。

舵が大きく流れを掻《か》き乱していた。

「長江から黄浦江に入るの」

藤之助は二つの河の合流部に広がる都会を見ていた。

藤之助が考えていた清国の風景ではなかった。出島《でじま》の規模を何百倍も大きくしたような二階建ての木造洋館やら煉瓦《れんが》造りの建物が櫛比《しっぴ》していた。

「グーダム号が一通の書状を長崎会所に運んできたのは二十数日前のことよ。岩城様と石橋が幕府と会所の合同の交易店を上海に開いたのだけど、二人とも行方を絶ったというの」

「東インド会社がこの出店を密かに手助けしていたのだな」

「上海では英吉利国の協力なしではなにごともできないわ」

「清国であって清国ではないのだな」

「藤之助、英吉利領と考えたほうが理解し易《やす》いわ。見てご覧なさい」

ライスケン号がゆっくりと船着場に向けて右舷を接近させていた。

「この一角が英吉利租界《そかい》と呼ばれる一角で清国人は自由に出入りできないし、清国船籍の船は接岸もできない」

緑豊かな公園と整然と洋館が立ち並ぶ一角には英吉利国旗が棚引いていた。河港のあちこちに英吉利人の警備兵が銃を構えて立っていた。

そして河港のあちらこちらいかにも船足が早そうな帆船が十隻ほど停泊していた。帆柱にはためく国旗はユニオン・ジャックか亜米利加国旗だ。

「藤之助、阿片帆船、オピアム・クリッパーと呼ばれる快速帆船よ」

「阿片だけを運ぶ船か」

「そう。阿片がもたらす利益は莫大《ばくだい》なものよ、英吉利国に巨万の富をもたらし軍事力をさらに増強することになるの」

「この埠頭《ふとう》の主《あるじ》は英吉利人と亜米利加人なのだな」

玲奈の手が河岸の左によるとそこには三色旗がはためいていた。

「仏蘭西《フランス》国の租界地よ」

さらに玲奈の指先がライスケン号の舳先に移動し、暗く貧しい家並が広がる一帯を指した。

「あれが本来の主たちである清国人が住いする一角ね」

「これが阿片戦争の結果か」

「近い将来このような光景が日本で見られぬとも限らない」

「それを阻止せんと岩城どのと石橋どのは、この地に出店を開かれたのじゃな」

玲奈が頷いた。

「それがしの役目はなんだ」

「岩城、石橋両人の失踪《しっそう》の事情を探り、生きておるならば長崎に連れ戻すことよ」

「東も西も分からぬ上海でなんと難儀なことを」

「長崎じゅうを引っかき回した座光寺藤之助よ、上海でできないことはないわ」

と玲奈が平然と言い放ったとき、英吉利租界の河港にライスケン号が接岸した。

# 第三章　龍の頭

一

上海《シャンハイ》は、長江《ちょうこう》を巨大な龍に例えるならば龍頭にあたる。

清《しん》国東部の交易、商業都市を大きく変化させたのは英吉利《イギリス》が仕掛けた阿片《あへん》戦争（一八四〇〜四二）であった。

その前史として英吉利は清国北方諸港湾での開港と交易を渇望していた。

一八三二年に東インド会社のヒューズ・ハミルトン・リンゼイを上海に派遣して清国の地方官と通商を謀《はか》ろうと試みている。

広東《コワントン》当局はリンゼイ一行の意図を察して阻止しようとしたが六月二十一日に呉淞《ウースン》に西洋帆船としては初めて碇《いかり》を下ろし、小艇に分乗して黄浦江《ホワンプーチャン》に遡行《そこう》し、天后宮《てんごうきゅう》に強行上陸した。だが、地方官たる道台《どうだい》は通商の要求を聞き入れず、退去を命じた。

だが、リンゼイ一行はその命を無視して上海県城内などを視察し、規模は小さいがすでに「洋行街」があって西洋の物品がかなり流入して取引されていることを知った。

清国政府は英吉利など列強への開港と交易を望んではいない。だが民衆はすでに西洋の物品を受け入れて交易拡大を切望していた。

一八四〇年、広東で阿片密輸にからんで英吉利、清国間に衝突が起こった。これが阿片戦争の武力衝突の切っ掛けとなり、上海開港を熱望する英吉利と東インド会社は、定海《チンハイ》、廈門《アモイ》など周辺港湾城砦を陥落させて上海包囲網を構築した。

一八四二年四月、上海県城内で火薬庫が爆発した。

満を持した英吉利海軍の十数隻の艦船は、この六月呉淞口《ウースンコウ》から黄浦江に侵入し、陸戦隊を上陸させて水上と陸上から上海への包囲作戦を敢行した。

上海防衛の江南《こうなん》提督陳化成《ちんかせい》は兵七千人で英吉利軍と対決したが彼我の火力の差は歴然としていた。英吉利軍は攻撃開始から二日後に上海県城の北門から入場し、上海は陥落した。

阿片戦争に敗北した結果、南京《ナンキン》条約により上海は、広州《コワンチヨウ》、福州《フーチヨウ》、廈門、寧波《ニンポー》とともに通商港として開港されることになる。

「国の中の異国」の上海租界《そかい》は開港から二年後に始まった。

英吉利国初代領事バルフォアと上海道台宮慕久《きゅうぼきゅう》との間に「上海土地章程」二十三条が結ばれ、租界が生まれた。

この英吉利租界の最初の対象となった土地は、

「東は黄浦江、北は李家荘《リーチヤーチユアン》、南は洋涇浜《ヤンチンパン》、西は界路《バリアー・ロード》」

であった。

その面積は東西五百メートル南北一キロメートル、面積は〇・五六平方キロメートルと決して広いものではなかったが、上海の中枢部の黄浦江中心部を押さえ、その後、段々と拡大していった。

租界は完全な治外法権だが、それは当初から保有していたわけではなかった。だが、清国に侵入した外国列強の軍事力と退廃し切った清国政府の力関係が、

「国の中の外国」

を誕生させる因《もと》となった。

清朝が始まって三百四十年余、無知と腐敗は官僚らに無気力を蔓延《まんえん》させ、阿片の流行がさらに追い討ちをかけた。

一方、十七世紀に英吉利は逸早《いちはや》く東インド会社を設立してインドを始め、アジア各地に植民地を拡大し、その経営の経験を積んできた。その植民地政策はしたたかで清国には抗する術《すべ》はなかった。

英吉利に続いて、亜米利加《アメリカ》が蘇州《そしゅう》河北岸の虹口《ホンコウ》に教会を建て、これを切っ掛けに租界工作に乗り出したのは一八四八年のことだ。そして、ついには一八五三年に「亜米利加租界」を清国に承認させた。

また仏蘭西《フランス》は一八四九年に英吉利租界と旧県城内に囲まれた地域、〇・六六平方キロメートルを租界として獲得し、その後、西の徐家匯《シージャーフィ》へと拡大していった。

これら、列強の租界の行政組織として一八四六年、三国の代表委員による「道路埠《ふ》頭《とう》委員会」が作られた。それが一八五四年、租界を守るためのより強力な行政機関の「工部局」へと改編強化されたが、道路埠頭委員会が解散させられた切っ掛けとなったのは小刀会《しょうとうかい》の上海県城占領事件であった。

一八五〇年に入り、キリスト教と土俗的信仰が結びついた独特の平等主義を掲げる太平天国《たいへいてんごく》の運動が澎湃《ほうはい》と起こった。

清朝が漢民族に強制した習俗の一つに弁髪があった。

そこで太平天国の会員は長髪を象徴として、清朝打倒を旗印にして運動を拡大させていく。

一八五一年春ごろ、指導者の洪秀全《こうしゅうぜん》が天王と名乗り即位を宣言し、国号を太平天国とした。

さらに太平天国軍は厳しい戒律と平等主義で民衆の間に静かな支持を広げ、湖南《こなん》から長江沿岸にその勢力圏を拡大し、一八五三年三月には南京を占領し、ここを首都天京《てんけい》と改名した。

このような太平天国軍の跋扈《ばっこ》に上海が不安を感じていたとき、突然起こったのが小刀会の上海占領だ。

小刀会は民衆の間に勢力を持っていた秘密結社の一つで、会員は小刀を懐《ふところ》に隠し持っていたことから小刀会と呼ばれていた。

一八五三年九月七日、孔子廟《こうしびょう》の祭礼の日、小刀会は参詣の群集に混じって上海県城内に入り、前々から潜入していた仲間と合流して県城内を制圧し、道台呉健彰《ごけんしょう》を捕縛した。

この小刀会の上海県城占拠は一八五五年二月までの十七ヵ月にわたって続くことになる。かくも長く小刀会が上海県城内を占拠した背景には、腐敗した清朝政府への不満と、我が物顔の外国列強の横暴を嫌悪する民衆の支持があったこと、また、租界を通じて武器、食料の調達が容易だったことがあげられる。

上海を交易都市に利用しようという英吉利、亜米利加、仏蘭西の列強は、最初黙認していた小刀会を敵視する政策に転換し、県城内への武器、食料の流入を止めて、封鎖作戦に出た。

列強軍隊と清国軍の合同作戦で上海県城内は解放された。だが、その後も略奪、虐殺が繰り返され、黄浦江に何千もの死体が浮くことになる。

この小刀会の上海占拠と陥落は租界事情に大きな変化をもたらした。

県城内の戦闘を避けた民衆が列強の外国軍隊で守られる租界に流入し、その数二万人に及んだのだ。

最初、工部局と租界に住む欧米人は限られた租界地に民衆が流入してくることを危《き》惧《ぐ》した。だが一方で土地、家屋の値上がりで利を得ようとする英吉利商人は歓迎した。

こうした状況下、租界内に住むことを許された清国人に対しても租界側の裁判権、警察権が行使されるようになり、税関も清朝の手から小刀会事件の後、英吉利、亜米利加、仏蘭西と清朝側委員により構成される「税務管理委員会」に税関業務が移管された。そして、最終的には列強三国が直接、関税権にまで介入してくるようになった。

安政《あんせい》三年は西暦一八五六年にあたる。

小刀会事件が一応の終息を見てから二年と経ない上海に、座光寺藤之助《ざこうじとうのすけ》は、高島玲奈《たかしまれいな》が長崎から用意してきた洋服に身を包み、山高帽子に髷《まげ》を隠して革長靴を履《は》いて、上陸した。

すでに上海の入国審査は列強各国の領事に任《まか》されていた。

藤之助と玲奈は東インド会社の「客人」としてライスケン号内にて形ばかりの審査を終え、上陸した。すると埠頭《ふとう》には高島玲奈を英吉利人紳士と清国人の荷持ちが出迎えていた。

毛皮の外衣を優雅に肩から羽織《はお》った高島玲奈が英吉利人と挨拶《あいさつ》を交わす間、藤之助は埠頭から続く英吉利租界を間近に見ながら、

「出島《でじま》を何百倍にも規模を大きくしたようなものか」

と考えていた。

未《いま》だ藤之助は租界がなんたるか承知していなかった。そして、自らは腰に藤源次助真《とうげんじすけざね》と長治《おさはる》の両刀を手挟《たばさ》んでないことに落ち着きのなさを隠し切れなかった。藤之助の手がシャツの下に隠した小鉈《こなた》を触り、脇の下に吊《つ》るしたリボルバーを考えて不安を落ち着かせた。

（剣から銃への時代）

がやってくる。

藤之助は長崎滞在でそのことを学んでいた。だが、先祖代々刀に託してきた「武士の魂《たましい》」を失うようでどこか不安だった。

「藤之助」

英吉利人の紳士を玲奈が紹介しようとした。

藤之助は船内で玲奈に教え込まれたとおり、鷹揚《おうよう》に手を差し出して相手と握手を交わした。

「この方々はホテルの支配人と荷持ちよ。これからホテルにいくわ」

「ホテルとは紅毛人の旅籠《はたご》であったな。支配人とは番頭のようなものか」

「まあ、そうね」

支配人が手を上げると馬車が現れ、玲奈の手をとって藤之助が馬車へと乗せた。

藤之助は、ライスケン号の船内で異国での仕来《しきた》りをあれこれと教え込まれた。

「いいこと、上海の租界では何事にも女性を立てるの。建物に入るのも乗り物に乗るのも女性が先よ」

「租界とは出島の暮らしと思うたがだいぶ違うようだな」

「藤之助、阿蘭陀人《オランダ》はつい最近まで出島から自由に出ることもできなかったわね。江戸幕府が交易から参府まで阿蘭陀人に押し付けていたからよ。一方、上海の異人租界の主《あるじ》は英吉利、亜米利加、仏蘭西人なの。武器から阿片まで清朝の意向を無視して交易しているのよ」

と玲奈は説明したが、玲奈自身も出島の阿蘭陀商務官らを通じての知識に過ぎなかった。

首を傾《かし》げた藤之助が、

「上海逗留《とうりゅう》中、それがしは玲奈の召人《めしうど》のように動けばよいのだな」

「藤之助は玲奈の奉公人ではないわ」

「それがしの身分はなんだ。われらはどう振舞えばよい」

「上海にいる間、藤之助と玲奈は夫婦よ」

と玲奈があっさりと応じた。

「ほう、そなたはそれがしの嫁様か」

「江戸では女性が公《おおやけ》の場に出ることはないわね」

「まずあるまい。上《かみ》つ方《かた》になればなるほど奥に籠《こも》っておられるからな」

「でも上海の新しい主人、英吉利、亜米利加、仏蘭西では夫婦は公の場にも一緒よ。その折、亭主は奥方を立てるの、それが西洋の大事な礼儀の一つなの」

「それがしも玲奈を立てればよいのだな」

「そういうこと」

藤之助は玲奈の手を取って馬車に乗せた。

馬車の清国人らが長崎から玲奈がライスケン号に積み込んだ革製の大きな西洋長持三つを積み込み、支配人は馬車の御者《ぎよしや》と一緒の席に並んで座った。

馬車の席にはこの場の主、藤之助と玲奈の二人だけだ。

藤之助が最後に乗り込むと玲奈が、

「初めてにしてはよく出来たわ」

と褒《ほ》め、藤之助の頰《ほお》に優雅にも口付けした。

馬車が動き出し、藤之助はライスケン号を振り返った。すると船橋《ブリッジ》にジョン・リー艦長が立って西洋煙管《キセル》をくゆらしながら、藤之助と玲奈に向かって片手を振った。

「どれほど上海に滞在することになる」

「藤之助の蟄居《ちつきよ》は二月《ふたつき》だったわね。帰路の船旅を考えれば上海で許された時間はせいぜい一月《ひとつき》ね」

「片がつくかどうか」

と答えながら、藤之助は感謝の意を込めてリー艦長に手を振り返した。

馬車ががたがたと埠頭から石畳の道に出た。

広々とした道には街路樹が植えられ、西日が当って藤之助が初めて見る葉叢《はむら》が揺れて路面に赤い影を落としていた。

長崎よりも気候は寒かった。

「藤之助、明日にもあなたに外套《がいとう》を誂《あつら》えさせるわ」

「寒くはないぞ」

「藤之助、郷に入《い》れば郷に従え、よ。それに外套の使い道は体を暖かくすることだけではないの、身分を表わし、威厳を加えるの」

と玲奈が笑った。

埠頭近くには英吉利国旗が掲げられた三階建ての煉瓦《れんが》作りや木造洋館が並んでいたが、どれもが敷地が広く庭もたっぷりととってあった。犬を連れた西洋の婦人がゆったりと歩いていく。

帽子の飾り布が風に靡《なび》き、巻衣がふんわりと丸く広がっているのがなんとも可笑《おか》しかった。

「なんとも珍しい衣服じゃな」

「阿蘭陀人は江戸参府でいつも感じていることよ。お国が違えば言葉が違うように食べ物も衣服も変わる。それを互いが尊重するかどうかが大事なの。あの巻衣を丸く広げるのに鯨の髭《ひげ》が使われていると聞いたことがあるわ」

「女性《にょしょう》はどこもお洒落《しゃれ》に関心があるとみえるな」

と感心した藤之助を西洋の貴婦人がちらりと見た。

玲奈が優美に会釈を返し、貴婦人も笑みを送ってきた。

「この界隈は英吉利政庁の出先機関とか大商行の建物のようね」

「出先機関とは江戸幕府の長崎奉行所西支所のようなものか」

「まあそうね。ほら、あれが東インド会社の建物よ。隣がジャーディン・マセソン商会ね」

玲奈には長崎の阿蘭陀商館との付き合いや列強の軍艦との対応などで得た知識があった。

「ジャーディン・マセソン商会とはなんだな」

「大店《おおだな》には違いないけど取り扱うものが阿片から軍艦までと法外よ。江戸にはないお店だけど、長崎会所を何百倍何千倍と大きくしたようなものと思って」

「長崎会所か、なんとのう分かった」

「ほら、その隣が香港《ホンコン》上海銀行の建物ね、こちらは両替商と思えばいいわ」

重厚な石造りの建物から想像されることは江戸の商人がすべて束になっても対抗できそうにもない威圧感と存在感だ。

（これが外国列強の力か）

長崎で異国のことをいくらか承知していたつもりの藤之助だったが、改めて世界は広く、未知の領域は無限ということを悟らされた。

藤之助は無力感に苛《さいな》まれたが腹に力を矯《た》め、姿勢を正して馬車の行く手を見た。

馬車は東西南北に整然と交差する通りを曲がり、角に明かりを点《とも》して輝く木造洋館の門へと上がっていった。

「インペリアル・ホテルよ」

と玲奈が教え、

「上海にいる間の拠点となるわ」

「行方を絶った二人の店はこの近くか」

「南に行ったほうと聞いたけど、そう遠くはないはずよ」

「今宵《こよい》はなにか予定があるか」

「いえ、すべては明日からよ。今晩は藤之助と玲奈が初めて踏んだ異郷の夜を楽しみましょう」

と玲奈が言ったとき、馬車がホテルの表玄関に到着した。

「いいこと、私たちのために奉仕してくれた人にはチップを忘れないでね。あなたは紳士よ、悠然と振舞えばいいの」

藤之助は船中で英吉利国の金貨や硬貨を玲奈から渡されていた。

「伊那《いな》の山猿にできるかのう」

「座光寺藤之助にはできるわ。あなたや能勢《のせ》様がこれからの日本の指導者になるのよ」

馬車の扉が玄関番によって開けられた。

藤之助は先に下りて玲奈に手を差し出した。

玲奈がその手に支えられて馬車を降りた。するとホテルの玄関に立っていた異人の男女が玲奈の美貌に驚いたように見詰めた。

藤之助は改めてホテル到着の挨拶をなす支配人に金貨を渡した。驚きの顔で藤之助を見た支配人が満面に微笑《ほほえ》んだ。

「金子が高かったか」

「上海にいる間は彼らを味方に付けるかどうかは大事なことよ。今後のことを思えば安いものだわ」

藤之助は玲奈が今度の上海行きにかなりの多額の英吉利ポンドを持参していることを知っていた。

それだけ上海で行方を絶った二人の生死が長崎会所と幕府にとって重大なことであったのだ。

藤之助は玄関番や馬車の御者に小粒のような金貨を渡し、玲奈の手を取ってホテルのロビーに入った。

高い吹き抜け天井から明かりが煌々《こうこう》と点《とも》り、一瞬クリスタルの煌《きらめ》きに藤之助の目は眩《くら》んだ。

玲奈と藤之助はホテルの帳場で受付を済ませると三階の部屋へと案内された。それは黄浦江が窓から木の葉隠れに望める広々とした角部屋で、控えの間付きだった。

案内した肌黒い少年が玲奈に話しかけながら出窓を開いた。露台に出ると夕暮れの英吉利租界が眺《なが》められ、ガス灯が淡く滲《にじ》んでなんとも美しかった。

「これが上海か」

「租界という名の異国よ」

藤之助は案内してきた少年に硬貨を渡した。玲奈が化粧室のドアを開けて確めていたが、

「藤之助」

と名を呼んだ。

藤之助が玲奈が立ち竦《すく》む化粧室の戸口に行くと玲奈の視線の先、鏡に赤い文字が浮かんでいた。生臭《なまぐさ》い臭《にお》いは動物の血で記されたか。

「座光寺藤之助、高島玲奈

上海訪問歓迎　長髪賊」

と達筆な女文字が警告していた。

「上海に知り合いなどおらぬと思うたが待ち人がおったぞ」

「少なくとも退屈はしないようね」

藤之助の高笑いがからからと化粧室に響いた。

二

荷解きを終えた玲奈が、

「船旅で湯も使えなかったけど、どう、怪我《けが》の具合がよければ湯に入らない」

「異人の湯殿を初めてのそれがしが使えるものか。そなたが先に試してくれぬか」

「湯の使い方なんてそう違うものではないけど」

と、そう言いながらも玲奈が浴室に姿を消した。

藤之助は革製の西洋長持三つに詰め込まれた荷を見て仰天した。

玲奈の衣装や小物や靴が無数あることは想像が付いた。だが、男物の洋服、革靴、羽織袴小袖《はおりはかまこそで》など何着も用意されているのに驚いた。どれも藤之助が見たこともない新品ばかりだ。

「だれが着るのだ、玲奈」

「高島玲奈の亭主どのよ。私がいくら着飾っても、あなたが着た切り雀《すずめ》では異人社会には通じないわ。道具立て、服装も威信を主張する外交手段の一つよ」

「そんなものか。長崎に洋服職人がいようとは考えもしなかったぞ」

「出島の阿蘭陀人御用達《ごようたし》の仕立て屋がいるわよ」

と玲奈は平然と答えたものだ。

浴室から水でも流れる音が響いてきた。ドアの隙間《すきま》から湯気がわずかに漂い流れてきた。浴室で湯が使えるのか。そういえば藤之助がいる居間でも暖炉がちろちろと燃えて、どういう仕組みか、部屋全体が暖かかった。

藤之助は上海上陸に際し長持に隠していた藤源次助真と長治を出した。船旅で潮風を刃に受けていた。その手入れをしながら、一つの懸念に思いを至らせていた。

化粧室の鏡を汚した長髪賊の正体ではない。玲奈に言わせると、

「長髪賊は太平天国一味を表す別名」

だという。そんな太平天国に知り合いはいなかったし、穿鑿《せんさく》しても無意味だと思った。それよりなにより藤之助が驚いたのは長崎から上海が近いことだった。

今もって西国諸大名は内海と陸路を使い、江戸への参勤交代に三十数日から時に四十余日を悠長にも費やしていた。それをライスケン号はまる二日で長崎から上海を航海していた。

「世界は迅速確実に進歩していた」

それが上海に到着しての感慨だ。

だが、それが懸念のタネでもなかった。

藤之助の頭を悩ます問題は頭の髷《まげ》だった。洋服で過ごさねばならないとなると頭に載ったちょん髷はいかにもおかしくそぐわなかった。

（どうしたものか）

とシャツ姿で考えていると、浴室から玲奈が呼ぶ声がした。

「なんだな」

手入れを終えた助真を鞘《さや》に戻し、浴室の扉を開けると玲奈の顔が白い泡の中に埋まっていた。

「湯の入り方を話しておくわ」

「なんだな、その泡は」

「藤之助、ソープと称する石鹸《せっけん》よ。湯屋で使う糠袋《ぬかぶくろ》と思って」

「その泡で汚れが落ちるか。だが、湯が汚れるではないか」

「紅毛人、南蛮人の湯の入り方は日本とは少しばかり違うわ。まず第一に湯船が洗い場でもあるということよ。そのため一度湯を使うと栓が抜かれて湯が流されて入れ替えられるの」

「湯船を空にするというのか。贅沢《ぜいたく》なものだな、異国の暮らしは」

「この清国でも英吉利でもこんなことを出来るのは分限者《ぶげんしゃ》とか王侯貴族だけよ」

「であろうな。湯船と洗い場が一緒というがどうして体を洗う。汚れを落した泡湯では湯上りが気持ち悪かろう」

「藤之助、靴を脱ぎなさい」

玲奈に言われるとおりに革長靴と靴下を脱ぎ、シャツの袖《そで》を捲《まく》り上げた。

「バスタブの縁に腰をかけて。見せるものがあるわ」

玲奈が泡の中から手を出した。手には金属製の皿、無数の穴が開いた蜂の巣状の道具が持たれていて、蜂の巣は管へと繋《つな》がっていた。

玲奈がバスタブの金属コックを捻《ひね》るとなんと蜂の巣から湯が流れてきた。

「湯を自由に出したり止めたりできるのか」

「このホテル、最新の設備が施されているの。部屋の暖房もこの湯も建物の地下で石炭を燃やして暖気やお湯が客室に送られる仕組みよ」

「驚きいった次第だな」

玲奈の体の泡を湯が流したせいでかたちのよい乳房が現れた。だが、玲奈は平然としたものだ。却《かえ》って藤之助が目のやり場に困った。

「藤之助も入りなさい」

玲奈がバスタブの縁に座る洋服姿の藤之助を引きずりこんだ。

「まだ服を身につけておるわ」

「それがどうしたの。願いが叶《かな》って藤之助と一緒に異国の地に立つことが出来たのよ。お祝いをしなきゃあ」

玲奈にとっても上海行は念願の渡航だったのかと、藤之助は気付かされた。

湯が抜かれ、藤之助はバスタブの底に残った泡に塗《まみ》れながら眼前のたおやかな乳房から目が離せなかった。

玲奈はシャワーヘッドを手に藤之助のシャツを濡らしていた。そのせいで残っていた泡が消えて、バスタブに横たわる玲奈の裸身が現れた。

「藤之助も生まれたままの姿になりなさい」

命じられるままに濡れそぼったシャツとズボンを窮屈な姿勢で脱ぎ捨て、玲奈同様の裸になった。

玲奈の両腕が藤之助の首に巻き付き、二人はバスタブの中で互いの裸身を静かに抱き合った。

新しい湯が張られて、段々と二人の体を包んでいった。

「なんとも気持ちがいいな。潮風にべたついた体が生き返ったぞ」

バスタブは二人が並んで横たわるほど広くはない。玲奈が横たわっているせいで藤之助の体は玲奈の上に乗ることになる。

突然、玲奈が藤之助の顔を引き寄せ、唇《くちびる》を奪った。藤之助もお返しに舌先を玲奈の唇に入れた。それを玲奈の舌先が絡め取った。

激しくも欲望の炎が掻《か》き立てられた。

藤之助は一度高揚した気持ちを鎮めるために玲奈の口から顔を離した。

「藤之助、念願が叶ったのよ、お祝いをしましょ」

藤之助はぎゅっと両腕に玲奈を抱きかかえた。

「これがお祝いか」

バスタブの中で玲奈の両足が広げられ、藤之助の怒張したものが玲奈の秘部へと繁みをゆっくり分けて入っていく。

ああぁっ
玲奈が藤之助の肩に歯を立て、噛《か》んだ。

湯が藤之助の肩まで溢《あふ》れ、バスタブの外へと流れ出した。

二人は全身を襲いくるめくるめく官能の嵐に時を忘れた。ただ二つの体を一つにしようという不可能な挑戦を試みた。

どれほど激情の時間が過ぎ去ったか。

「と、藤之助」

「玲奈」

二人は同時に叫ぶと果てた。

荒い息が浴室に流れ、ゆっくりと藤之助が体を起こすと玲奈の顔が湯に沈み、そして、浮き上がってきた。

「玲奈、ちと厄介は頭の髷だのう。山高帽子に隠し果《おお》せるか」

玲奈がバスタブの端に背を持たせかけ、反対側に同じ恰好《かっこう》で向かい合う藤之助の頭の上を見た。

「武士が何百年も頭を飾り続けてきた髷ですもの、そう簡単に手放せないわね」

「能勢隈之助《くまのすけ》は長崎でさっぱりと髷に別れを告げた」

「能勢様の場合、当分日本に戻るあてがなかったわ。直参《じきさん》旗本交代寄合伊那衆の座光寺藤之助には幕府崩壊を見届ける役目がある。髷は当分必要ね」

玲奈は大胆にも幕府崩壊の四文字を口にした。

藤之助も清国内の上海の現状を垣間見て、どのようなかたちであれ清国と同じ道を徳川幕府が辿《たど》ると確信していた。だが、直参旗本の身分としては玲奈のように公言はできなかった。

「いいわ」

と玲奈が藤之助を見つめた。

「すでに私たちの身分はどなたさんも承知しているのよ。ならば藤之助も長崎仕立ての洋服を着て山高帽で髷を隠す要もないわ。羽織袴に大小を差して食堂に下りましょう。上海の英吉利人がどんな反応を見せるか、一興よ」

と玲奈があっさりと言い切った。

「そのあとのことはそのあと考えればよいわ」

「そうだな」

白い裸身がバスタブから上がり、藤之助は全身を湯船に浸《つ》けた。

長崎の立山《たてやま》支所の拷問倉《ごうもんぐら》で佐城《さじょう》の利吉《りきち》に折れ弓で叩《たた》かれた傷は、ほとんど完治していた。

玲奈がバスタブに泡の素を入れてくれた。

「よく磨き上げてきなさい。座光寺藤之助と高島玲奈の上海初お目見えの宵よ」

というとバスローブを羽織った玲奈が浴室から姿を消した。

二人は三階から続く回り階段を下りて玄関ロビーに向かった。

座光寺藤之助は芥子《からし》地に業平《なりひら》格子の小袖、同色の羽織袴を着て腰に大小を手挟《たばさ》み、裾長の洋装に身を包んだ高島玲奈の腕をとっていた。するとロビーにいた異人たちの好奇の視線が二人に向けられた。

噂に聞いた侍が上海にいる。そして、洋装の日本人女がいるという驚きの目だった。だが、それは直《す》ぐに感嘆の表情に変わった。

高島玲奈の類稀《たぐいまれ》な容姿と容貌は、ロビーに下り立ってガス灯の明かりに照らされたとき、一段と輝きを増し、その場にいる紅毛人らに感動の沈黙を強《し》いたのだ。

嘆声があちらこちらから洩《も》れた。

港に迎えに出た支配人が二人の前に姿を見せ、玲奈に何事か話しかけた。それに対して玲奈が悠然と英語で応じるのを見て、またその場の英吉利人の間から感嘆の声が洩れた。

「日本の若い二人がホテルじゅうに衝撃を与えたと言っている」

玲奈が嫣然《えんぜん》とした笑みの顔を藤之助に向けながら説明してくれた。

「玲奈の美しさに感嘆したか。分からぬではない」

「それだけではないの。日本を知らぬ異人には未だ腰に大小を差して頭に短銃のような髷を載せた侍の存在そのものが神秘なのよ」

「ほう」

「座光寺藤之助は堂々として異人にも劣らぬ押し出しだし、支配人に徳川幕府の要人かと聞いた紳士もいたそうよ」

「一年前まで伊那谷で剣術に明け暮れていた山猿と知ると驚こうな」

「言わぬが花よ。相手がいい方に勘違いしてくれるのは大いに結構よ。藤之助、せいぜい大名家の若様を気取りなさい」

「そうもいくまい」

藤之助の返答に笑った玲奈が、

「食堂に行きましょう。あちらでもどうせ好奇の目に晒《さら》されるわ」

「そなたが同道してくれて助かったぞ」

藤之助の正直な気持ちだった。

ロビーから絨毯《じゅうたん》の敷かれた廊下をいくと天井の高い大食堂が姿を見せた。中庭に面して広々とした食堂だった。いくつもある円卓で何組もの客たちが食事を楽しみ、一段高い舞台では音楽が演奏されていた。

二人が大食堂に入ったのを見て、胡弓《こきゅう》が嫋々《じょうじょう》とした調べを演奏し始めた。

支配人が長崎からはるばるやってきた若い夫婦に自国の音楽で歓迎するように頼んだのだろう。だが、音楽隊は日本の調べが見当付かず、うろ覚えの清国の調べで代用したと想像された。

藤之助と玲奈は胡弓の調べを立ち止まって聞き入った。そして、演奏が終わったとき、玲奈が優雅な仕草で胡弓を奏した楽師に拍手を贈った。

その様子を見ていた大食堂の客の間から玲奈と藤之助を歓迎する大きな拍手が沸き起こった。

支配人が再び顔を見せて、玲奈に告げた。

「藤之助を将軍家の若君と勘違いしている人もいるそうよ」

「江戸に知れたら切腹ではすまぬぞ」

玲奈の容貌と藤之助の武家姿は一瞬にして上海の英吉利租界に広がることになる。

円卓に向かい合って座った二人は食前酒にドライシェリーを頼んだ。

「藤之助は異人に劣らない体付きをしているし、羽織袴がよく似合っているわ。堂々として立派よ」

「いまのままでよいのだな」

「案じることはないわ。この高島玲奈が惚《ほ》れ直したくらい立派よ」

玲奈は藤之助に自信をつけさせるためか褒めてくれた。そして、話の矛先を変えた。

「藤之助、清国に足りなかったものがあるわ。それが阿片戦争に敗北した理由よ」

「軍事力の差だな」

「それだけではないわ」

玲奈が首を優雅に振って否定した。

「三百何十年も続いてきた清朝の威厳、尊厳よ。それを失ったことが大国清国を混乱に陥れ、異国の軍隊を領土に入れた最大の理由よ」

と玲奈が言い切った。

「いかにもさようかも知れぬ」

「この場にある英吉利人や亜米利加人の自信と威風は、自国の強力な軍事力と過剰な傲慢《ごうまん》さと深い教養と礼儀がもたらしたものよ。日本が清国と同じ立場に立ったとき、愚かにも武士の矜持《きようじ》や威厳を失って猪《いのしし》武者のように戦《いくさ》の道を選ぶとしたら、数年後、この上海が長崎に出現するわ」

「なんとしても上海の二の舞を踏んではならぬな」

「そのために私たちは上海に来たともいえる」

藤之助は頷《うなず》いた。

最初の料理が運ばれてきた。

料理自体は藤之助にとってさほど美味なものではなかった。だが、異国の地にあることを、それも高島玲奈と一緒にいることに深い感動を覚えていた。

同時に明日から始まる長崎奉行所産物方岩城和次郎《いわきわじろう》と長崎会所阿蘭陀通詞《つうじ》方石橋継《いしばしつぐ》種《たね》の捜索がうまくいくか不安も感じていた。

藤之助は食後酒とコーヒーが運ばれてきたとき、玲奈に聞いた。

「そなた、長崎奉行所産物方岩城和次郎どのを承知か」

「顔を見かけたのは数度かしら、話をしたことはないの。江戸から赴任してきていくらも長崎にはいなかったと思うわ。直ぐに石橋と唐船で上海に渡っていかれたの」

「なに、唐船で上海に渡ったのか」

「その折、都合のいい阿蘭陀船がなかったのが理由よ。ともかく二人は間違いなく上海に安着したのよ」

藤之助が首肯《しゆこう》した。

「そうね、岩城様の評判は大きく二つに分かれるわ」

「どのようなものだ」

「幕府の勘定方《かんじようがた》でも最優秀の人物ということには間違いないと思うの。頭が切れて、常に冷静な判断ができると長崎でも評判が立ったもの。特に金銀相場にかけては長崎会所の面々を論破するほどの知識の持ち主とか。なかなかのやり手というのは間違いないと思う」

「悪い評はなんだ」

「二枚舌を使う。上司と同役ではまったく態度が違うとか、そんな評判だと思ったけど」

「年はいくつであったな」

「二年前、長崎を出たときが二十九歳」

「阿蘭陀通詞方の石橋継種どのはいくつだ」

「岩城様より二つ上」

「こちらの人物は承知であろうな」

「会所の通詞ですもの、物心付いたときから知っているわ」

「どんな人物だ」

「一言でいうならば語学の天才、阿蘭陀語通詞が本業だけど英吉利語、イスパニア語、葡萄牙語《ポルトガル》に通暁《つうぎよう》し、仏蘭西語もなんとか話せたわ。それも出島で阿蘭陀人を相手に厳しい勉学の末に身につけた語学よ」

「二人の役割は岩城どのが交易、石橋どのが通弁ということでよいか」

玲奈が頷いた。が、どこか曖昧《あいまい》な頷き方だった。

「二人の仲はどうだったのだ」

「二人は幕府と会所、それぞれの立場を負わされて上海に行ったということよ」

「決して一枚岩ではなかった」

玲奈が頷き、

「異国の暮らしで二人の立場が対立を生むことがあっても不思議はないわ」

と言い足した。

「武芸はどうだ」

「岩城様は田宮流《たみやりゆう》抜刀術と手裏剣《しゆりけん》の名手だそうよ、でも、本当の実力はだれも知らない」

「石橋どのはどうだ」

「勉強の虫ですもの、そちらはからっきしよ」

藤之助はしばし沈思した。

「どれほどの金子がこれまで上海の二人に渡っておるのだ」

「小判にして二千両を二人は持参したわ。さらに行方を絶つまでの間に会所は千三百両の金子を阿蘭陀船などに託していた」

「金子が二人の行方を絶った理由であろうか」

玲奈がゆっくりと顔を横に振り、

「それは明日からの調べで分かる」

と答えた。

三

黄浦江から濃い靄《もや》が流れて漂い、上海英吉利租界の町にまとわりつくように流れていた。

朝八時の刻限だ。

綿入れ外套を着た藤之助と毛皮のコートにすっぽり顔を埋めた玲奈は一頭引きの馬車に並んで座っていた。

長崎を出立した時は師走だった。英吉利人ら列強各国が支配する上海租界は太陽暦で暮らしが進んでいた。すでに一八五七年の一月末日だという。

長崎よりも江戸よりも底冷えする上海だった。

乳白色の靄の中に建物が浮かび上がり、随《まにま》に溶け流れて消え、また別の建物が二人の視界に現れた。

藤之助は馬車が上海の東から西へと進んでいることしか理解がつかなかった。

「寒いな」

言わずもがなの言葉を隣の玲奈に言うと藤之助の声が白い息に変わった。

玲奈が黙って革の筒から片手を抜くと藤之助の素手を握り、藤之助の手を革の筒の中に誘った。玲奈は革の手袋をした上に中身のない枕のような防寒具に両手を突っ込んでいたのだ。

藤之助の手に玲奈の温もりが伝わってきた。

昨晩、ホテルの食堂を出た玲奈らを二人の人物が待ち受けていた。

玲奈は一人の紅毛人とは知り合いらしく、言葉を交わしながら抱擁《ほうよう》して挨拶を交わした。

「藤之助、丁抹《デンマーク》人のハンセン氏よ、数年前まで出島の阿蘭陀商館に滞在していたから支障ない程度の和語は話すわ」

と紹介してくれた。

ハンセンは久しぶりに見たのか武士姿の藤之助を眩《まぶ》しそうに見て、

「上海でお侍をお見かけしようとは想像もしませんでした」

と上手な日本語で玲奈に笑いかけた。

玲奈も驚きの表情を見せた。それは長崎滞在時代よりハンセンの日本語が上達していることを示していた。

「座光寺藤之助にござる。それがしにとって上海は全く無知な土地にござればよしなにお引き回し下され」

藤之助の丁寧《ていねい》な挨拶に小さく頷いたハンセンが二人に、

「葛里布《かつりふ》です。彼が岩城さん、石橋さんの東方交易《とうほうこうえき》の現地支配人を務めておりました。二人が行方不明になった前後の経緯《いきさつ》を知る数少ない人物です」

と紹介した。

玲奈が葛の顔を、じいっと見ていたが、

「長崎の唐人街で見かけた顔ね」

と聞いた。

長衣の両袖に両手を突っ込んでいた葛が、

「はい、高島のお嬢様」

と答えた。

「数日前、黄大人《こうたいじん》からお二人が上海に参られると知らせがございました」

なんと長崎の唐人街を牛耳《ぎゅうじ》る黄武尊《ぶそん》大人から二人の上海行は知らせがきているとい

う。

「埠頭にお迎えにとは思いましたが、われら清国人には上海はもはや自国ではありません。英吉利人らが我儘《わがまま》勝手に支配する異国でしてね、自由に歩けませぬ」

と辺りの視線を気にしながら葛は説明した。

ロビーにいる英吉利人らの男女が侍姿の藤之助と長衣の葛のことを気にして、ちらちらと見ていた。

「玲奈お嬢様、明朝八時前にお迎えに上がります。ご一緒に東方交易の店に参りませんか。そこでならだれに気兼ねすることなく話せます」

と言い、居心地の悪そうな顔をした。

四人の対面は挨拶だけに終わり、藤之助らは部屋に上がった。

その夜、藤之助と玲奈は大きな寝台に枕を並べて寝た。すると砲声や銃声が聞こえてきた。

部屋の窓を震わす砲声に玲奈が藤之助の手をとり、

「上海県城内からのようね」

と推測して呟《つぶや》いた。

「小刀会の騒ぎは終息したのではなかったか」

「彼らが去って二年が過ぎようとしているわ。でも、上海県城内が平穏になったわけではないの」

玲奈は上海行きのために出島の阿蘭陀商館員らについて上海事情、清国情勢を勉強してきていた。

「列強軍と清軍の合同部隊の攻撃に小刀会は確かに一旦《いったん》は上海県城を放棄したわ。それに代わって入場したのが清軍だったそうよ。彼らは小刀会よりも最悪な連中だったとか。県城内の東部から火を放ち、略奪やら陵辱《りようじよく》やら虐殺を繰り返した」

「なぜだ、同じ清国人同士ではないか」

「清国軍とはいえこの地の人々を守る軍隊ではないの。もはや清朝には規律を守る将軍も軍人もいないの。ただただ私利私欲に走ることに奔走《ほんそう》して軍事力を行使しているの」

「なんということか」

「政体が倒れるときはそんなものよ」

玲奈は徳川幕府の運命を予測したように告げた。

「その折、清国軍が県城内で殺した同国人は二千人にも達して運河を死体が数日埋め尽くし、城壁には生首がかけられたというわ」

藤之助は答える術《すべ》はなかった。

「藤之助、小刀会がなぜ一年十余月も上海県城内に止《とど》まれたかと考えたことがある。県城内に住む商人や住人は腐敗した清軍より小刀会を信用し、保護したからよ。今もって夜間になると砲声や銃声が響くということは県城内から小刀会の勢力がすべて退却したのではない、そのことを意味していない」

玲奈がそう言うと寝台を覆う天蓋《てんがい》を見詰める藤之助の顔に寝化粧をした顔を寄せた。

翌朝、約束どおり葛は馬車を用意してホテルの玲奈らを迎えにきた。

「どうやら東方交易は仏蘭西租界との境《さかい》近くにあるようね」

と玲奈が革袋から片手を出して乳白色の靄に浮かぶ三色旗を指し、

「私たちは上海県城の方角を目指して進んでいるということだわ」

夜明け前まで散発的に続いていた砲声や銃声は止《や》んでいた。

馬車の御者が手綱を引いて大路から右に曲がって南北に走る道に入っていった。道の西側に運河《クリーク》が走り、岸辺からは楊《やなぎ》の枝が水面に垂れていた。そして、朝靄をついて小舟がいく。

「葛里布という人物、信頼してよいかのう」

藤之助は御者席の隣に座す葛の背を見ながら小声で玲奈に聞いた。

「私も葛がいつ長崎に来ていつ長崎を去ったかしらないわ。少なくとも四、五年は唐人街に暮らしていたはずよ。黄武尊大人の息がかかった人間だからこそ、岩城和次郎様と石橋継種の二人も支配人として雇い入れたはずね。両者の仲介を東インド会社がしたか黄大人がなさったか分からないけれど、私の勘では黄大人と思うな」

玲奈は信用しろと言っていた。

「此度《こたび》も黄大人がわれらの上海行を葛に知らせておるしな」

「だれに信頼おけてだれが信頼ならないのか。これから私たちが見定めていけばいいわ」

と玲奈が囁《ささや》いたとき、馬車が建物の前に停車した。

土台は石積みで壁は煉瓦《れんが》造りの洋風の三階建てだった。

「馬車とはなんとも便利な乗り物じゃな」

馬車から飛び下りた藤之助は玲奈に手を差し延べた。

綿入れの外套はインペリアル・ホテルで玲奈が都合したものだ。

玲奈は上海の寒さに接して藤之助に革外套を求めようと試みたが、洋行雑貨や衣類は棋盤街か四馬路にいくしかないというホテルの支配人の答えだった。そこで支配人の世話で丈夫な木綿地の綿入れ外套を寒さ避けに買い入れたのだ。

体の大きな紅毛人や南蛮人向けに仕立てられた外套だけに裾丈《すそたけ》も十分でなにより暖かく、さらには大きな外套の下に藤源次助真を隠して携帯することが出来た。

昨晩、別れ際、葛は藤之助の武家姿を見て、

「高島お嬢様、上海の連中は侍姿に慣れておりませぬ、何事か出来《しゅったい》してもいけませぬ。座光寺様には明日から英吉利人らと同じ洋服を着ることをお勧めします」

と忠告して去っていた。そんなわけで藤之助は埠頭に下り立ったときの洋服と外套に着替え、防寒していた。

建物の軒下に漢字と異国語の併記で、

「和国東方交易」

という看板が出ていた。

藤之助には英語と思える文字は読めなかった。

すでに何人かの雇い人が出社している様子でガラス窓の嵌《は》められた部屋が湯気でくもって見えた。

「この建物が岩城さんと石橋さんの最後の一年余りの商いの拠点でした」

昨日よりさらに流暢《りゅうちょう》な日本語で葛が言った。

「最初は英吉利租界の北部の旅籠に仮住いしておられたのです」

「この建物は借り物なの」

「いえ、英吉利人の綿花商人から買い取られたものです」

と答えた葛が二人を、

「どうぞこちらに」

と石段を三段ほど上がった玄関扉へと案内した。

扉の向こうで清国人三人が手持ち無沙汰の様子で二人を迎えた。

顔には緊張の表情が見受けられなくもない。自分たちの今後のことを考えてのことだろう。

葛が何事か大声で怒鳴ると慌《あわ》てて仕事をする振りをした。

だが、和人の主《あるじ》二人が行方を絶った店だ。なにをしていいのか、手がつかないというのが実情であろうと、藤之助は仕事の振りをする三人に同情した。そして、その三人のうちの一人がまだ少年だということを見ていた。

玲奈を見た少年が驚きの表情を見せ、藤之助と視線を合わせると、
にっこり

微笑んだ。

藤之助も会釈を返した。

その様子を見て見ぬ振りをした葛が玲奈らを二階の支配人室へと案内していった。

そこには革製の長椅子と卓があり、暖炉も燃えて寒い外とは比べようもない居心地のよさだった。

「上海の冬は寒いですからね」

葛が二人に注意し、自らも外套を脱いだ。すると外套の下の長衣の腰に革帯が巻かれ、革鞘《ホルダー》に大型短銃が突っ込まれているのが見えた。

上海では自らの商いと命を守るのは自分自身なのだと、改めて藤之助は気持ちを引き締めた。

卓を挟《はさ》んで三人は対面した。

「葛さん、なにがこの上海で起こったの」

玲奈が単刀直入に上海訪問の用件に入った。

「玲奈お嬢様、お二人がこの建物から何者かに拘引《こういん》されて姿を消した。上海では珍しいことではございません」

葛の玲奈の呼名が高島お嬢様から玲奈お嬢様といつしか変わっていた。

「行方《ゆくえ》を絶った人間はどうなるな、葛どの」

「座光寺先生、行方を絶った理由にもよりましょうが、金銭に絡んだこととなれば一部の幸運な人は数日後に何事もなかったかのように上海の暮らしに戻ることができます。また大半の不運な人々は運河に死体を浮かべる」

葛があっさりと答えた。藤之助の呼称は座光寺先生と変わっていた。

「今までのところ運河に死体は浮いてないのですな」

「われらも注意して上海じゅうの運河を探し回りましたが、見つけられておりません」

「となると岩城和次郎どのと石橋継種どのがなぜ不明になったかの穿鑿《せんさく》が先かのう。そなたはなにか承知しておられるか」

「正直申しましてただ今の上海で日本人が交易を行うのは並大抵のことではございませぬ。東インド会社や工部局の容認とわれら清国人の手助けがいります。事実、行方を絶つ直前まではお二人は交易についてわれらに相談なされておりました。ゆえにわれらもお二人の商売の内容は、およそ承知しておるつもりでした」

葛の言い方には含みが感じられた。

玲奈が話題を転じた。

「葛さん、東方交易の商いの主な物品はなんでしたの」

「阿片以外ならばなんでも扱う予定でした。西洋雑貨から軍船、武器弾薬、日本が欲しているものすべてを扱うつもりでした」

「岩城様らが上海に来て二年弱、商いは軌道に乗ったのですか」

「お二人の苦労が実ったのはこの半年です。それ以前は上海の事情を知り、暮らしを立てることに忙殺されておられましたから」

「ということは東方交易の看板をこの建物に移した時期以降からと思えばよいの」

葛が大きく首肯し、言い切った。

「雇員を集め、交易の体裁をなしたのは本年の夏前ごろからでした」

「交易として買い入れを始めたのね」

「長崎から資金が着き次第、大きな買い物をなさる予定でした」

「大きな買い物とは船、それとも武器」

「玲奈お嬢様、千トンを越える砲艦二隻の購入が、蘇格蘭《スコットランド》人の武器商人と交渉してようやく話が纏《まと》まるところでした」

「取引になにか差支えが生じたのかしら」

「玲奈お嬢様、それが支配人の私にも分かりかねます」

「あなたはついさっき東インド会社や清国人の手伝いがなければ二人は身動きつかないと言わなかった。また、含みのある言い方もしたわね」

玲奈も気付いていたのだ。

「申しました。この大きな商談が本格的に動き始めた二月《ふたつき》も前から清国人はすべて商談の席から外されたのです。岩城さんが主導して武器商人マードック・ブレダンとの交渉に当っておられました」

「その最中に行方を絶ったということなの」

「はい」

座を沈黙が支配した。

二人は葛への質問、攻め手を欠いていた。しばし沈思した藤之助が口を開いた。

「岩城どのらは上海に到着した直後から、大きな砲艦の買い入れを策してこられたのか」

今度は葛がしばし沈黙した。

藤之助は踏み込んだ。

「葛どの、岩城どのらと武器商人ブレダンを仲介したのはそなたか」

葛が首を横に振った。

「だれだな」

その前にお許しをと前置きした葛は、長衣の下から銀色の筒を取り出し、ぱちんと蓋を開くと紙巻煙草《たばこ》を差し出した。

「玲奈どのもそれがしも煙草を嗜《たしな》まんでな、自由にお吸いなされ」

藤之助の言葉に、煙草を抜いた葛が暖炉の上にある道具で火を点《つ》け、

ふうっ

と紫煙を吐き出した。

「当初、お二人は上海の東インド会社の世話でジャーディン・マセソン商会が上海に設立した怡和《いわ》船舶公司と軍艦の取引話を始められたのです、八月も前の春先のことです。その場には私も同席致しました」

「それが途中でうまくいかなくなったのですか」

玲奈が問うた。

「いえ、取引は順調であったと思います。ですが、今から三月も前に岩城さんと石橋さんが仲違《なかたが》いをなされたのです」

「理由はなんです」

「この階の奥に二人の仕事部屋が並んでございますが、激しい口論を何度も繰り返さ

れた。漏《も》れ聞こえる会話からおぼろに原因が察せられました」

「なにが二人の対立の原因だな」

　ふうっ
　と息を一つ吐《つ》いた葛が、

「岩城さんは、この上海ではなにもジャーディン・マセソン商会系列の会社だけが武器売買をしているわけではない。私のところには性能が一緒でもっと買値の安い軍艦の売込みがいくつも来ていると主張なされておられました。春先から日本が大量の戦艦や大砲を買い付けるという噂は上海じゅうに流れていましたから不思議ではありません」

「交渉先を変更しようとしたのが二人の対立の原因か。岩城どのが押す武器商人がマードック・ブレダンだったのだな」

「いかにもさようです」

　藤之助と玲奈は顔を見合わせた。

「武器商人のブレダンが扱う武器は確かに値が安いと評判です」

「問題がありそうな口ぶりだな」

「ブレダンはこの上海では一匹狼の武器商人です。彼が扱う武器、軍船は仏蘭西のものです。一方、マセソン商会の子会社、怡和船舶公司の扱う武器、軍艦は英吉利の製造したものです」

玲奈も藤之助も岩城と石橋が失踪《しっそう》した背景がおぼろげに見えてきたと思った。

「岩城さんの意見に対して石橋さんは、長い目で見たとき相手がしっかりとした東インド会社やジャーディン・マセソン商会との取引を重視したほうが日本のためによいと考えておられたようで、それが口論の原因でした」

「マードック・ブレダンは武器商人としての評価はどうですか」

「武器を扱うのは大きな商会も一匹狼の商人も内実に変わりありません。すべて人殺しの道具です。海千山千の彼らは人の生き血を吸って金をもうけているのです。ですが、武器を欲しがる人間にはなくてはならない人たちなのです」

玲奈と藤之助が大きく頷いた。

清国も日本も欧米列強に軍事力、経済力で大きく立ち遅れた国だった。なんとしても祖国の独立を守護するために最新の武器を買い集めようと奔走していた。だが、その武器を取り扱い、売り付けようとしているのは外国列強だった。

「論争に勝ったのは岩城和次郎様だったのね」

「はい」

「決着がついて砲艦の買い込み先をブレダン側に変えた後、石橋どのは岩城どのに協力して動いておったのだろうか」

「私らは交渉の場から外されたのです。通詞の石橋さんがなくては、交渉は一歩も進みません」

「二人が失踪したのは今から二十数日前のことなのね」

「二十五日前の夜明けでした」

葛が立ち上がり、

「こちらへどうぞ」

と二人をどこかへ案内しようとした。

四

二人は建物の三階に案内された。

「岩城さんも石橋さんもこの建物を購入した時から公司の三階を自分たちの住いにしてこられました。あの朝、最初に会社に出勤した小僧が裏口の鍵を開け、建物に入りました。いつもならお二人は、二階の執務室に降りてすでに働き始めておられる刻限です。ですが、その朝、お二人の姿はなかった」

葛は三階の踊り場から左右に走る廊下に立ち、

「こちらが岩城さんの住いです、右手が石橋さんの部屋です。二つの部屋とも表通りに面しております」

と二人に教え、岩城の部屋の扉のノブを摑《つか》んで息を吸い、

「お二人が失踪した当時のままです」

というと開いた。

藤之助は内部に寒気と血と硝煙の臭《にお》いが混じっているのを察した。

葛が、

「どうぞ」

と長衣の体を開いて二人を部屋に通した。

運河に向かったガラス窓から朝の光が差し込み、十畳ほどの広さの居間の惨状がまず二人の目に飛び込んできた。

暖炉の上の壁は無数の銃弾に穿《うが》たれ、反対側の壁にも銃弾の痕《あと》が残されて、絨毯《じゆうたん》が敷かれた床に血の痕跡が点々と残っていた。銃弾が貫いた長椅子や卓がひっくり返り、この場で撃ち合いがあったのは容易に推測がついた。

「この奥に寝室がございます」

葛は居間と寝室を分かつ扉を開いた。そこには居間以上に冷たい空気と惨劇の痕跡が二人を待ち受けていた。

大きな寝台の天蓋が血に染まって破れ千切れ、寝台には血が乾いた痕が残って黒く大きな染みを残していた。さらには衣服を仕舞《しま》う箪笥《たんす》の引き出しがすべて開けられて中の衣類が散乱してみえた。家具にも跳弾の痕が残り、あらゆるところが破壊されていた。

藤之助も玲奈も未だ血の臭う寝室でなにが行われたか、容易に脳裏に思い描くことができた。だが、二人は口を開き、考えを言葉にすることはなかった。

「いつもの朝と同じく小僧の後に罐焚《かまた》きが地下に姿を見せてボイラーに火を入れ、小僧はいつものように茶を淹《い》れて三階に運んでいきました」

「階下の仕事部屋にいた小僧さんがこの光景に最初に接したのですな」

「さようです、座光寺先生」

と応じた葛は鼻になにか粉のようなものを入れた。部屋に漂い残る血の臭いを誤魔《ごま》化《か》すための薬か。

「いつも茶は二階の執務室に運ばれます。ですが、その朝はお二人の姿が見えなかったせいで小僧は三階まで届けたのです」

「その折、すでに岩城どのらの姿はなかったのですね」

「小僧の李寛《りかん》はまず石橋さんの部屋を訪ねたそうです。だが、だれもいないので石橋さんが岩城さんの部屋にいると思い、こちらを訪ねて腰を抜かした。その時、我々雇員も階下に顔を揃《そろ》えておりました。小僧の叫びを階下で聞いた我々は三階まですっ飛んできました」

その時の光景を思い出したか、葛は唾《つば》をごくりと飲んだ。

「驚かれたでしょう」

と藤之助が言わずもがなの問いを発した。

「初めて寝室の光景に接したとき、頭が真っ暗になりました。あちらこちらが血の海でしたしね、硝煙の臭いもまだ漂っていました」

「…………」

二人は返す言葉を持たなかった。

「葛さん、この部屋を見た瞬間、あなたはどう推理なされたのです」

玲奈が葛に質《ただ》した。

「最初、お二人が上海県城内などに密かに巣食う、小刀会の残党に襲われたかと思いました。長崎から日本人が軍艦の買い付けに来ているのは上海じゅうに知られています。つまり大金を手元に置いているはずだと推測するのは簡単です」

「小刀会の残党が襲う理由はそれだけですかな」

葛は藤之助の問いにしばし沈黙を守り、顔を横に振った。

「マードック・ブレダンは上海県城を占拠していた小刀会に武器を流して大儲《おおもう》けした武器商人でした」

「なんてことが」

と玲奈が呟き、あとは口を閉ざした。

「ブレダンから二人の情報が小刀会の連中に伝わったと葛さんは言うのですね」

「いえ、座光寺先生」

と応じた葛は、

「考えても見てください。なぜなら二人に軍艦を売り付けようとしたのはブレダンです。もしブレダンの手引きで小刀会の残党に殺させたとしたら、ブレダンには小金しか手に入らないではないですか。千トン級の軍艦を取引したほうが儲けは莫大《ばくだい》です。またその後も日本との繋がりを保つことになるのです、絶対にそちらに旨《うま》みがある」

と言い切った。

「あなたは二人を襲ったのは小刀会の残党ではないと考え直されたの」

「いえ、お嬢様、その考えは今も捨てきれません。ブレダンとは関わりなく小刀会の残党が動き、この家を襲い、持ち金を奪い去った」

「二人が日本から送金させていた金子はなにも残されてなかったのね」

「石橋さんの住いからもこの部屋からもびた銭一枚見つかりませんでした」

再び沈黙がその場を支配した。

「私は岩城さんと石橋さんが深夜懸案の話になって興奮し、互いが銃を持ち出して殺し合おうとしたというのが自然な推理だと思い直しました」

「事実だとすると幕府にも長崎会所にも大痛手だわ」

葛が頷いた。

「英吉利租界の中で鎖国をしている日本人が殺し合いをした。厄介《やっかい》にも複雑な事件です。私は非公式に工部局へ連絡を取りました。あとの騒ぎは思い出したくもありません」

と葛が深い溜息《ためいき》を吐《つ》いた。

清国人の雇員がまず疑われて厳しくも過酷な取調べを受けたということであろう。

藤之助は葛の心情を思い、話題を変えた。

「石橋どのの部屋はどうなっておりますか」

と尋ねると葛がほっとした表情を見せ、三階のもう一人の住人だった石橋継種の部屋へと案内した。

石橋の居間には寒さの代わりに暖気があって三人を蘇生させた。

「凶行があった場所は工部局に手を回し、長崎から日本人が来るまで、そのままに保存してもらうことにしました。死体が見つかったわけではありませんが、暖炉を入れると血の臭いで耐えられなくなります。我々はあの場を出来るだけ忠実に残して、あなた方に見てもらいたかったのです」

葛は暖房を入れてなかった理由を説明した。ということはこちらの石橋の部屋は血の痕跡などないということではないか。

二人が通された石橋の居間は整然としていた。紅毛人の娘を描いた絵が暖炉の上の壁にかかり、酒壜《さかびん》が暖炉に何本も並んでいた。

藤之助らは居間から寝室に向かった。

藤之助が最初に見たのは黒漆《くろうるし》の大小拵《こしら》えが寝台の下に転がる光景だった。

石橋は長崎会所の阿蘭陀通詞方だが、普段は大小を差して武士身分として行動していた。その石橋が大小を残していたのか。

あの惨劇の居間に大小は残されていなかったのか、藤之助の頭にそんな考えが湧いた。

藤之助は大刀を手に取り、鞘を払った。

手入れの行き届いた大五《おおぐ》の目乱刃《めみだれば》が鈍《にぶ》く煌いた。刃渡り二尺四寸三分か、相州《そうしゅう》ものと藤之助は判断した。

藤之助は刀を軽く振った。

なかなかの業物《わざもの》だ。

武芸者でもない石橋が持つ大小ではないと藤之助は直感した。

するとなぜ石橋の部屋に岩城の大小があるのか。

「玲奈、そなた、石橋どのの差し料を知るまいな」

玲奈が顔を横に振ったとき、
こつこつ
とドアが叩かれ、小僧の李が茶を運んできた。

「どうぞお座り下さい」

葛の言葉で居間の暖炉の前の革製の長椅子に藤之助と玲奈が並んですわり、一人掛けに葛が座した。

「謝々《シエシエ》」

玲奈が礼を述べると李少年がにっこりと笑みを返し、その場から姿を消した。寒々とした心を温めるように三人は黙りこくって茶を喫した。

「工部局の判断は日本人同士の諍《いさか》いなのか、あるいは小刀会の残党の仕業と見るのかどちらですか」

「玲奈お嬢様、言い難いことですが、あっさりと私の推測を彼らは支持しました」

「岩城どのと石橋どのがぶつかり、撃ち合いに及んでどちらかがどちらかを殺して死体の始末をつけ、有り金を持って逃走したということですね」

「座光寺先生、異郷に初めて来られた方々は精神が異常に緊張して突然理不尽な行動を起こすことがままあります。租界工部局では岩城さんと石橋さんが喧嘩《けんか》口論に及び、銃撃戦の末に石橋さんが岩城さんを殺して逃走したと判断しております」

「日本人一人で上海のどこに隠れ潜むことができますかな」

「金さえあればなんでも出来るのがこの上海です」

「葛さん、石橋どのが生きておると思われますか」

「未だ石橋さんの死体が見つかっておりません」

「それは岩城どのの死体とて一緒ですね」

「殺された岩城さんの死体は上海郊外に運ばれたとしたら野犬や鳥の餌《えさ》として始末されてしまったでしょうな。あるいは運河に投げ捨てるか」

と葛が言い切った。

「葛さん、幕臣の岩城和次郎様は居合術など剣の達人と評判の方でしたが、阿蘭陀通詞の石橋継種はそちらの腕は全くからっきしの方のはずでした。その二人が戦い、石橋が生き残ったと申されるのですね」

玲奈が重ねて念を押した。

岩城は幕臣、石橋は長崎会所の通詞、もし石橋が岩城を殺したとしたら長崎会所の立場は微妙なものとなる、玲奈が胸に抱えた不安を藤之助には容易に推測できた。

「玲奈お嬢様、お二人は斬り合いで事を決したのではないのです。鉄砲や短銃を持ち出して撃ち合われたのです」

「上海に来て二人は短銃を購入したのでしょうな」

と藤之助が聞いた。

「座光寺先生、この上海ではわが身と財産を守るために銃は必携品です。岩城さんはコルト・パターソンモデルのリボルバーと仏蘭西製の短銃数丁を、石橋さんは二十二口径の小型短銃と散弾銃を部屋にお持ちでした」

「二人の射撃の腕前はどうであったろうか」

「お二人してなかなかの腕前でしたよ。特に石橋さんは小型短銃の扱いが上手《うま》いと射撃場でしばしば教官に褒められていたそうです」

「葛さん、真に石橋が岩城様を不意に襲ったと考えておられますか」

玲奈が三度念を押した。

玲奈は幼少の頃から阿蘭陀通詞の石橋を承知していた。それだけに簡単に納得できる話ではなかったのだ。

「岩城さんの部屋で凶行が行われたことを考えますと、そう考えるのが自然かと思います」

葛の答えだった。

また沈黙があった。

「葛どの、当然ブレダンは工部局の取調べを受けたでしょうな。我々が会うことができますか」

葛が首を振った。

「工部局は事件発覚後直《す》ぐにブレダンと接触致しました。だが、ブレダンはその日、上海を離れていたことが判明しております」

「では、彼が関わった疑いは完全に消えたことになる」

「いえ、上海を離れていたことで却《かえ》って彼が関与していたとも言えます。実行犯はいくらも金で雇えるのです」

なんと複雑なことよと、藤之助は思った。

「座光寺先生、この葛里布は可能性を申しておるのです。ブレダンが関わっていたかどうか確たる証拠はございません。事件から数日後、彼は澳門《マカオ》に商用で行くと言い残して上海から姿を消しております」

「戻ってくるのでしょうか」

「彼の交易公司は南馬路にございますから、騒ぎのほとぼりが冷めた頃に戻ってきますよ」

と葛が確約し、先ほどから沈黙を守っていた玲奈が、

「石橋はどれほどの金子を持ち逃げしたと思われますか」

と話題を変えた。

「玲奈お嬢様、ブレダンとの取引はまだ本式ではございませんでした。ブレダンに渡ったとしてもせいぜい手付金くらいでございましょう。我々はお二人が最初どれほどの金子を上海に持参されたか知りません。ですが、その後の送金などと合わせ、この

家の購入資金、さらにはわれら雇員の給金などの支払いを差し引いても小判で千数百両ほどはお持ちだったのではないかと推測しております」

玲奈が頷いた。

「玲奈お嬢様、この額は人ひとりが生きていくために十分な金子です。同時に人の命が消しさられるに十分な額なのです」

と葛が言い切った。

「工部局の捜査は続いておりましょうか」

「日本人二人が姿を消したことは重大な事件です。ですが、この上海で一日に何十人もの命が絶たれている現状を考えるとき、工部局の捜査などあてにはなりません」

ふうっ

と藤之助が思わず息を吐き、玲奈と顔を見合わせた。

「どうする、藤之助」

「さてのう。上海でどう動いてよいか、皆目見当もつかぬわ」

葛が藤之助の言葉を聞いて微妙な顔をした。

「ちと独りで考えたいがよいか」

藤之助は玲奈と葛の二人に許しを求めた。

「ご自由に」

藤之助が立ち上がり、

「今一度凶行の場に戻る、独りになって考えてみようと思う」

「玲奈お嬢様も申されましたぞ、ご自由にと」

と、葛が言葉を添えた。

「失礼致す」

藤之助は心地よく暖気が籠《こも》った部屋から廊下を伝い、凄惨な現場の岩城の部屋に戻った。

格別なにが調べたいというのではなかった。考えが浮かばない折、諍いがあった現場に立つ、これが藤之助のやり方だった。

寒々とした居間が藤之助を再び迎えた。

岩城和次郎は幕府のためを思うたか、取引値が安い仏蘭西製の軍艦購入に変心して強引にも事を推し進めていた。

長崎を通して深い繋がりがある東インド会社、さらにはジャーディン・マセソン商会などとの商談を中断して一匹狼の武器商人マードック・ブレダンに乗り換えるには夜も眠れないほどに神経を磨《す》り減らしたことであろう。

だが、岩城の部屋には酒の罎一つなかった。岩城は異国で幕府の威信を背負い、交易に携わる緊張をなにで紛《まぎ》らしていたのか。

藤之助は壁に撃ち込まれた銃弾を仔細《しさい》に調べた。すると単発の銃弾ではなく散弾銃の痕跡ということが判明した。

寝室に移動した。

こちらの銃弾の痕跡は散弾と単発の銃弾が混在していた。血の染みは寝台が激しく、石橋が岩城の寝込みを襲ったという風に考えられなくもない。だが、居間の散弾の痕はどう考えればよいのか。

引き出しが開けっ放しの箪笥には綿入れの小袖、継裃《つぎかみしも》、羽織、袴、足袋《たび》などと一緒に上海に来て買い求めたと思える洋服やシャツの類《たぐい》が乱れたまま入っていた。それにしてももう一組の大小はどこに行ったのか。

血の染みで汚れた絨毯を膝《ひざ》を突いて調べ廻《まわ》った。そうして動くことが機能を停止している頭脳を動かす第一歩と信じてのことだ。

捜査は工部局が担当としたか、清国側官憲が主導したかしらないが重い箪笥を動かした痕が残っていた。おそらく金子を探して重い家具すべてが動かされたのだろう。

藤之助はいくつかの疑問が漠然と頭に浮かんだ。

その第一の疑問は、この凶行が一人の力で成し遂げられたのだろうかということだ。無数の銃弾が種類の異なる銃器から発射されているとしたら、一人での行動と考えるのは不自然ではないか。とすると石橋継種には仲間がいなくてはならぬ。石橋は岩城殺しを突発的に思いついたというより、前々から計画していたことにはならないか。

ふと引き出しの中に煙草入れを見つけた。なめし革の煙草入れから煙管《キセル》を抜くと真鍮《しんちゅう》の雁首《がんくび》と吸い口を繋ぐ竹に岩城和次郎と名が刻まれてあった。

岩城は上海にきて刻みより紙巻を愛用したか、煙草入れは簞笥に仕舞いこんであったようだ。

藤之助は半刻ほど岩城和次郎の部屋に一人でいた後、玲奈と葛が待つ石橋の部屋に戻った。すると玲奈が葛から折り畳んだ紙片を受け取ったところだった。

「石橋と岩城様がこの上海で関わりがあった人や会社の名を記してもらったの」

頷く藤之助に玲奈が、

「なにか思い付いた」

と聞いた。

「まるで見当も付かぬ」

「どうするの」

「紙片の人々を訪ねて、二人の上海での行動なんぞを聞き回ろうか」

「ならば、私がご案内を」

と葛が即座に言い、

「上海の道案内なれば李少年に願えませぬか」

と藤之助が願った。

「私ではご不満かな、それとも信用して頂けぬので」

「葛さん、二つとも当っていません。ただ、多忙な葛さんが我らに同道してくれるのはまだ先のことです。なにしろ我ら上海の東も西も分からんでな、まず体を上海に馴《な》染《じ》ませるのが先、その間は小僧さんの道案内で十分と思うたまでです」

「座光寺先生、お好きなように」

と葛がにっこりと笑った。

# 第四章　租界と城内

## 一

ホテルから東方交易《とうほうこうえき》に玲奈《れいな》と藤之助《とうのすけ》を運んだ馬車に二人が並んで乗り込み、李《り》少年が御者席の隣に座って上海《シャンハイ》見物が始まった。

玲奈と李少年の間では英語と唐人語の会話がなった。玲奈は多少の唐人語を話し、李少年は英語を幾分《いくぶん》解した。

葛《かつ》が記してくれた相手先を訪ねるには少し刻限が早いのではないかと玲奈と藤之助が話し合い、まず上海の地理を五感と体に馴染《なじ》ませるために馬車による上海見物を願ったのだ。

玲奈と李少年の話し合いで英吉利《イギリス》租界の南北に通じる大路を西から順に東に向かい

走ることにした。

租界の端まで辿《たど》りつけばもう一本東側を並行する大路に移り、今度は北から南へと下る算段だった。

というのも東方交易が仏蘭西《フランス》租界との境界近くにあったから一番西側を走る五馬路から東路へと見物し、東側の大路の橋州路から四馬路へと戻ってくれば、南北に走る大路二つを走って黄浦江《ホワンプーチヤン》の埠頭《ふとう》に戻ってくることになるのだ。

馬車が五馬路を北に向かい走り出したとき、玲奈が藤之助に、

「英吉利租界を十里洋場と呼ぶそうよ。その周囲が清国の十里、日本のおよそ一里九丁にあたるせいで十里洋場と呼ばれるの。この十里洋場に東西南北に整然と棋盤街が並んでいるでしょ。小刀会《しようとうかい》事件以後一段と街づくりと同時に華洋雑居が進んだの」

「華洋雑居とは清国人と英吉利人が十里洋場に一緒に住んだり商いをしたりすることだな」

頷《うなず》いた玲奈が、

「でも、十里洋場の中にも英吉利人を筆頭にする紅毛人や南蛮人だけが住いし、清国人が立ち入れない場所があるそうよ」

英吉利租界でも上流階級が住むのが、どうやらインペリアル・ホテル界隈らしいと

藤之助にも判断ついた。

「葛さんの話、どう思う」

と不意に玲奈が話題を転じた。いつもの玲奈らしくなく語調にどこか迷っている風情があった。

「それがしもどう受け止めるべきか決断がつかんでおる。玲奈が判断に迷うところはどこか」

「石橋継種《いしばしつぐたね》がいくら我をなくしたところで、長崎から同道した同胞を殺すような真似《まね》をするとは思えないの」

「そなたは幼少から石橋どのを承知だからな」

「会所《かいしょ》が上海密行に際し、石橋を選んだのは通弁の才もあるけど事に及んで冷静沈着を保てる気性を買ったからよ。また石橋は観察力も持った人物よ。長崎を離れるときから岩城和次郎《いわきわじろう》の独断的な性格は承知していたはずだわ。それが岩城を銃殺し、軍艦を買う資金をびた銭一枚残さず奪い、上海の闇に姿を消すなんてことがあるだろうかと思うの。そんな大胆な人でもなければ周到な人物でもないわ」

「葛里布《りふ》も申したな、異郷の暮らしは異常な緊張を強《し》いるのだと。ましてただ今の上海は戦場と同じ情勢であろう。その上海で石橋の平静がぷつんと切れたとしても不思議ではない」

　玲奈が反論でもしようと思ったか、なにか言いかけて言葉を呑み込んだ。

「玲奈、岩城和次郎が軍艦購入の相手方を関わりの深い東インド会社系列のジャーディン・マセソン商会から一匹狼の武器商人マードック・ブレダンに乗り換えたことは長崎に知らされてないのか」

　藤之助の問いに、玲奈が顔を即座に横に振った。

「上海は近いとはいえ異国よ」

　馬車から見る上海は、

「華洋雑居」

　という四文字に表現されるそのままに古い清国人の老舗《しにせ》の薬屋の隣に欧米から流れ込んだ布地や雑貨の店が商売をしていて、活気に満ちていた。大路を何台もの馬車が行き交い、清国人の間に英吉利人の商人も混じり、声高に叫び合う喧騒《けんそう》の中で商いが始まっていた。

「岩城和次郎が産物方の傑物だとしても一幕臣に過ぎまい。独断で相手方を乗り換える大技が振るえたかどうか、なんとも解《げ》せぬな」

　玲奈が藤之助に視線を向けて、

「あの血腥《ちなまぐさ》い部屋で独りなにを考えていたの」

「玲奈、二人で撃ち合ったにしてはちと派手過ぎると思わぬか。散弾銃あり、短銃ありの銃撃戦を、飛び道具に慣れぬ二人が何挺も取っかえ引っかえして次々に銃をぶっ放したというのか」

「おかしいわね」

「壁の散弾跡などは銃撃戦の激しさを装うためにあとから撃ち込まれたと考えたほうがいい」

「二人にはそれぞれ仲間がいたということ」

「考えられることだ。それがしが石橋の立場であったとしよう。同胞を殺した折、自らも傷を負っているやも知れぬ。その体で死んだ岩城を運び、逃走するための資金をかき集め、凶行に使われた何挺もの銃器や大小の刀を抱えて、一人でどこへ雲隠れができるであろうか。いくら上海に二年弱余逗留《とうりゅう》してきたとは申せ、異郷の地でそのような行動がとれるものであろうか」

藤之助は岩城の部屋で散漫に浮かんだ考えを玲奈に示した。

「石橋は慎重の上にも慎重な人だったわ。二人の間にどんな激論があったか知らないけど銃器をもって事の解決を図る人ではない」

と玲奈は再び言い切った。

「玲奈、ではこう考えられぬか。反対に岩城和次郎が石橋継種を殺したとは」

玲奈が見た。

「となると葛里布は虚言を弄《ろう》したことになる」

「黄大人《こうたいじん》との関わりから言って嘘を吐《つ》いたとは考えたくはないな」

と言った玲奈が、

「凶行は岩城和次郎の部屋で行われたのよ。石橋を深夜自室に招き入れ、激論の末、岩城が銃を持ち出し、部屋を訪ねた石橋も銃で応戦したというの」

「どうしてあの部屋が岩城の部屋だと言い切れるのだ。葛が説明したからか」

玲奈の両眼が大きく見開かれ、驚きの表情を見せた。

「たとえば二人の部屋が葛の説明とは反対であったとしたらどうなる」

「岩城が銃を持って石橋の部屋に押し掛け、銃撃戦が行われたというの」

「理が通らぬか」

玲奈が頷いた。

「二つの部屋にあった家具は箪笥《たんす》も卓も同じものであったな。凶行は石橋の部屋で行われたがその後、血塗《ちまみ》れの寝台を除いて家具を入れ替えたとしたら岩城の部屋が石橋の部屋に、石橋の部屋が岩城のそれにとって変わらぬか。凶行のあった部屋に運ばれてきた家具には散弾銃が撃ち込まれて、さも前々からその部屋にあったように装われた」

「なぜそのようなことをしたの」

「凶行が岩城の部屋で行われたと官憲か長崎から来るわれらに思わせるためだ」

「岩城和次郎が石橋の部屋に押し掛け、談判の末に凶行に及んだというのね。それを糊塗《こと》するために部屋の家具をそっくり取り替えたと藤之助は主張するのね」

「考えられんではあるまい」

「石橋の気性を考えるとき、得心がいくわね」

「石橋の部屋と葛が説明した部屋に残されてあった黒塗り大小拵《こしら》えだが、通詞《つうじ》のもつものではない。あれは岩城和次郎の大小だ。家具は入れ替えたが、大小は忘れたか、あるいは岩城が殺されたと思わせるために残したものと考えられる」

武士の魂は真実を語ってはいないか。

「なんとも込み入った話を創り上げたものね」

あるいは、と言いかけ藤之助は迷った。

「なんでもいいわ、胸の中にあることをすべて玲奈に吐き出して」

「岩城と石橋は相戦《あい》ったのではない。戦ったように装われただけで二人ともに第三者に殺されたということも考えられる」

「となると葛里布支配人は全く信頼のおけない人物ということになるわ」

馬車はすでに東路へと入り、一丁も先に辻が見えてきた。

「そのことをこの場で推論するのはいい。だが、結論づけるにはわれらは余りにも上海を知らな過ぎる。葛の話は話としてわれらは独自の推論と判断を出していかねばなるまい。それには二人の上海での暮らしを知る必要がある」

玲奈が革の袋から片手を出した。その手には葛が記した二人の交友先の紙片があった。

「その中で最初に会うのはだれだ」

「軍艦の購入先からおろされたジャーディン・マセソン商会ではないかしら。葛の話が真実《まこと》かどうか知るにはまずこの辺ね」

「ならば参ろうか」

玲奈が御者に行き先を告げた。

李少年が突然の二人の翻意に驚きの様子で玲奈を振り返ったが、なにも言わなかった。

馬車が辻に差し掛かり、右折した。運河に沿った大路を東に進むと運河の対岸に緑の広場が見えてきた。長い何重もの柵が楕円形に囲んでいた。

「競馬場ね」

「競馬場とはなんだな」

「馬を競わせる馬場よ。英吉利人は競馬が好きだとバッテン卿《きょう》から聞いたことがあるわ」

馬場を大型の馬が疾走していた。

調練であろうか、と藤之助は脚が異様に長い馬の走り振りと、乗り手の身軽な動きを注視した。一瞬の内に藤之助らの視界から馬が消えて、馬車は再び北から南に向かう大路、南京路に入っていった。

ジャーディン・マセソン商会は一七八二年に広州に設立された小さな貿易会社がその始まりであった。

その後、一八三二年に組織を大きく改めた。

その折、東インド会社の船医だったウイリアム・ジャーディン、貿易業者のジェイムス・マセソンの代表者の名を取って、

「ジャーディン・マセソン商会」

と会社名を改めた。

この小さな貿易会社が中国で瞬《また》く間に巨大な商会へと成長した背景には二人の創業者の精力的な働きがあった。二人は商会にいるときは一時たりとも椅子に腰を落とすことなく立って働いたという。そして、二人が巨万の富を築くことになる阿片《あへん》と茶がこの地にはあった。

一八四三年、上海が開港すると同時に開港場に上海支店を設け、その後、広大な中国各地に販路を広げていく。

この商会の傘下にいくつもの会社があって阿片、茶、輸送機関、繊維、武器、弾薬とあらゆるものを取り扱っていた。

二人が馬車を止めたジャーディン・マセソン商会の上海支店前の埠頭にはこの商会に繁栄をもたらした阿片帆船《オピアム・クリッパー》が何隻も停泊していた。

馬車に御者と李少年を残した玲奈と藤之助は開港場でも一段と威容を誇る商会の建物に入っていった。

玄関前には銃を構えた警護員がいたが、玲奈が何事か告げると、二人は建物内部へと通された。

受付には髭《ひげ》を生やした紳士が控えていて玲奈と藤之助に面会した。玲奈は用意してきた長崎出島商館長ドンケル・クルチウスの親書を差し出した。すると紳士が玲奈を値踏みするように素早く観察し、何事か命じた。

「約束もない訪問だから少し待たされるかもしれないわよ」

「英吉利人を観察するにはよい機会であろう」

建物内部には暖房が入っていて暖かかった。

藤之助は外套《がいとう》を脱ぐと片腕にかけた。山高帽子はそのままにした。広々としたロビーに出入りする紳士方が被《かぶ》っていたからだ。

二人はジャーディン・マセソン商会の上海支店を観察する暇もなく直《す》ぐに若い英吉利人の雇員が二人を迎えに姿を見せた。

「クルチウス商館長の親書が利いたようだな」

「彼らにとって長崎会所と高島《たかしま》家は利用できる相手だからよ」

二人は螺旋《らせん》階段を上がって三階の応接室へと通された。そこには二人の紳士がすでに待ち受けていた。一人は玲奈を承知のようで親しげに抱擁《ほうよう》を交わし、もう一人の年配の紳士に玲奈を紹介した。

三人の間で英語での会話が続いた。

独り話の外に置かれた藤之助は異国にあって言葉が出来ないのは手足がもぎ取られたも同然だと悔《くや》しくも切なく感じた。だが、それを顔や態度に表すことはしまいと藤之助は平然と構えていた。

藤之助のことを玲奈が二人に紹介したようで不意に二人が握手を求めてきた。

「年配の紳士は当商会の上海支配人スチュアート・マッカトニー氏、こちらの若い方は出島で商務官を務められたリンゼイ・ケンプさんよ」

と二人を紹介した玲奈は、

「藤之助、長崎を騒がす江戸からのサムライの話は上海にも伝わっているわ。歓迎すると二人が言っているわ」

「サムライとはだれのことか」

「座光寺《ざこうじ》藤之助に決まっているわ」

「それがしがなぜ上海で話題になる」

「バッテン卿と出島で剣を交えて完膚《かんぷ》なきまでにやっつけたからよ。上海の腕自慢が藤之助に挑みかかることになりそうね」

「なんと出島での座興が上海にな」

「あとで楽しみにしていなさい。どうせ、ここでも試されるわ」

と言うと玲奈が二人との会話に戻っていった。

四人は一人用の革製の大きな椅子に腰を下ろして対面していた。

藤之助は玲奈と二人の紳士の会話の途切れるのをひたすら待った。

その間に巨大な暖炉が燃える豪奢《ごうしゃ》な応接室を観察した。

部屋の広さは小さな剣道場ほどあった。壁には重厚な本棚が嵌《は》め込まれ、肖像画が壁のあちこちを飾っていた。天井も高くおよそ二丈五尺はありそうだった。

（これが異国か）

三人の会話はいつ果てるともつかず続いた。

藤之助を眠気が襲った。ついうとうとしたくなるのを必死で我慢した。だが、ついに眠りに落ちたらしく意識が一瞬途絶《とだ》えた。すると玲奈の手が藤之助の手に触れ、

「これは失礼をば致した」

と藤之助は詫《わ》びた。

いつの間にか若い英吉利人のケンプは消えて、玲奈とマッカトニー支配人の二人になっていた。

「藤之助、およその話は聞けたわ。その内容は後で話すけどいいかしら」

「構わぬ」

「あなたが退屈そうな様子を見て、スチュアート・マッカトニー支配人が体を動かす手配をしてくれたわ」

「ほう」

支配人が立ち上がり、こちらへというように藤之助をどこかへ案内しようとした。

藤之助と玲奈が案内されたのは地下の射撃場兼武道場だった。そこでは昼前だというのにあらゆる種類の鉄砲、短銃の試し撃ちが行われ、帆布畳《マット》が敷かれた道場では剣の稽古《けいこ》が行われていた。

「ここでは本国から運ばれてきた武器の試し撃ちが行われているのよ」

「熱心だな」

「一ドル、一ポンド高く売るかどうかにジャーディン・マセソン商会の運命がかかっているのよ。英吉利人は大砲と軍艦だけで領土を拡大しているのではないの」

「商いと軍事行動は密接につながっておるのか」

「それときりしたん布教も一緒の行動よ。上海を廻《まわ》れば分かるわ、最初に列強が進攻した土地で彼らがまず建てるものは教会よ」

なんと、と絶句した藤之助は、

「で、こちらで汗をかかせてくれるというのか」

と玲奈の毛皮外套を脱がせながら聞いた。

「その前に新しい連発銃の試し撃ちをしてほしいと乞われているわ」

高島玲奈が長崎会所の町年寄の家系であることは英吉利租界に知られていた。阿蘭陀《オランダ》商館を通じてその勢力は雄藩の大名以上の力があることを上海でも承知していた。だからこそ玲奈に新型銃の試し撃ちをさせて売り込みを図ろうとしていた。

「まあ、売り込みもさることながら長崎で有名なじゃじゃ馬娘の腕を見てみようという英吉利人紳士の魂胆《こんたん》ね」

「ならばせいぜい驚かせてやれ」

藤之助が嗾《けしか》けた。

射撃場は高島家のそれより何倍か大きなものであったが、造りは変わらなかった。

新型銃は輪胴式の短銃が二挺と小銃が三挺あった。

玲奈が無造作に亜米利加《アメリカ》製のスペンサー・ライフル銃を取り上げ、弾が装填《そうてん》してあるかどうかを確かめた後、不意に構えた。

的はおよそ二十間ほど先にあった。

射撃音がいつしか途絶えていた。射撃場で試し撃ちをしていた連中も手を休めて長崎から姿を見せた高島玲奈の腕前を注視しようとした。

玲奈は半身の姿勢も優美に照門と照星を合わせた。

一拍後、引き金が絞られ、的の中心円に着弾した。

おおおっ

という驚きの声が響いた。

玲奈は連続して二発撃ち込んだが、一発目と変わらぬ中心円に集弾していた。

「藤之助、銃身の長いコルト・パターソンモデル・リボルバーを試してご覧なさい」

玲奈が一挺の拳銃を取り上げ、藤之助に渡した。それは藤之助が脇の下に吊《つ》るしたスミス・アンド・ウエッソン社製造の1／2ファースト・イシュー輪胴式連発《リボルバー》短銃より口径も大きく重かった。

「藤之助、引き金は撃鉄を指で起こすと出てくるわ。この方式をフォールディング・トリガーと呼ぶの」

玲奈は知識があるのかそう教えた。

藤之助は上着を脱いだ。すると脇の下に吊るされた愛用のリボルバーが見えた。その姿に射撃場にいた商会の雇員たちがざわめいた。

藤之助は腕を差し伸ばして何度かパターソンモデル・リボルバーを手に馴染ませた。

「的を手前に持ってくる」

小銃の射撃に合わせて二十間余先にあった的は新しいものと替えられていた。

「いや、構わぬ」

藤之助が右手を差し伸べ、照星と照門の一直線上に的を合わせた。

引き金を静かに絞った。想像した以上の反動で銃声が響いた。

銃弾は的の外円、上方左手を貫いていた。

射撃場内は沈黙したままだ。

藤之助は呼吸を整え直すと再び構えた。

冬の寒夜に霜《しも》でも下りるときのように静かに引き金を絞った。さらに二弾目、三弾目と輪胴に残された大口径の銃弾を撃ち尽した。

ぱちぱちぱち
と玲奈が拍手した。

藤之助の撃った全弾が的の中心円に集中して孔《あな》を開けていた。

わあっ
という歓声が射撃場に響き渡った。

## 二

　地下射撃場兼武道場に突然唐人の武術家と思える五人が姿を見せた。その者たちは矛《ほこ》、薙刀《なぎなた》、青龍刀《せいりゅうとう》、棍棒《こんぼう》など思い思いの得物を手にしていた。

　玲奈にマッカトニー支配人が何事か話し掛け、玲奈がそれに応じていた。その目の前で武術家らが悠然とそれぞれ得意の武器を動かし始めた。

　五人ともなかなか練達《れんたつ》の腕前だった。

　藤之助にとっては長崎の唐人街でこの地の得物を扱う連中に接していたから、青龍刀などの刃風の凄さは重々承知していた。だが、これまで藤之助が見てきた唐人より武器の扱いが洗練され、巧みだった。

　特に薙刀を扱う身丈七尺に垂《なん》んとする武人は巨軀《きよく》のわりに身のこなしが軽快かつ敏《びん》捷《しよう》で、さらに豪腕の持ち主だった。

　薙刀は八尺余の長さで一貫目をはるかに越えた重さと思えた。長大にして重い武器を一気に踏み込みつつ太い腕一本で振るう様《さま》は驚嘆に値した。

　いつしか藤之助はその者の体の動きと薙刀の扱いを注視し、見詰めていた。

「藤之助、彼らと手合わせしてみる」

玲奈の声に藤之助が振り向きつつ、

「ジャーディン・マセソン商会は武術家も雇うておるのか」

「人から物まで売れるものならなんでも買い集めるのがジャーディン・マセソンの考えよ。ライスケン号で水兵ら三十人を叩《たた》きのめした事実がすでに上海に知れ渡り、商会では藤之助に上海で選び抜いた武芸者をぶつけてみようと考えていた節《ふし》があるわ」

「こちらにはわが国の武器も集めてござろうな」

「藤之助、欧州では昔から刀や槍が高い値で取引されるの。阿蘭陀船の積荷の一部は刀剣類よ。藤之助が驚くほどの名刀があるはずよ」

「刀はいらぬ。木刀を所望しよう」

藤之助の注文を玲奈が伝えるとマッカトニー支配人が直ぐに部下に命じた。すると無造作に何本もの刀剣や木刀が運ばれてきた。

藤之助はその中から総長四尺弱の赤樫《あかがし》の木刀を選び、軽く素振りをした。

「玲奈、靴を脱がずともよいのか」

唐人たちは土足のままに武道場に上がって示威運動を続けていた。

「そのままどうぞ」

玲奈の返答に頷いた藤之助は最前まで英吉利人らがサーベルの稽古をしていた武道場の床に上がった。その者たちはこれから始まる立合いに興味津々《しんしん》の様子で見物に廻っていた。

「あのひよこ剣士どもは立ち合わぬのか」

「英吉利人は唐人を同格の人間なんて思ってないわ。まず彼らに前座を務めさせ、藤之助の様子を見たうえで勝つと分かれば名乗りを上げると思うけど」

唐人の武術家たちはすでに立合いの意が伝えられているのか、藤之助に注目していた。

藤之助は革長靴の底を帆布畳《マット》の床に擦《こす》りつけて感触を確めた。

靴底が帆布畳に滑る様子はない。さらに軽くその場で飛んで床の沈み具合を見た。板張りの剣道場より柔らかな感触でちょっと勝手が違った。だが、藤之助は微妙な違いをすでに五感で把握していた。

英吉利人の一人が唐人武術家に命じると青龍刀を手にしていた一人が武道場の中央に姿を見せた。

藤之助と同じ年恰好《かっこう》か。

藤之助は黙礼すると若い武術家の前に進み出た。

マッカトニー支配人が今一度念を押すように玲奈に話しかけていた。

「藤之助、相手はいずれも上海で名のある武術の達人ばかりよ。真剣でなくてよいかと支配人が案じているわ」

「無用にござる」

藤之助の言葉を理解したように相手の若い武術家の顔が紅潮した。

「玲奈、一つだけ注文がある」

「なにかしら」

と玲奈が藤之助を見た。

「薙刀の武術家どのとは最後に立合い稽古を願おう。残る四人じゃが一人ひとり相手を致すは面倒だな、四人一緒に願えぬか」

ほっほっほ
と玲奈の笑い声が地下に響き、その場の全員の注視が玲奈に集まった。

「商いも外交も最初が肝心というでな」

藤之助の注文が英吉利人に伝えられると短い言葉の応酬があって唐人武術家に伝えられた。すると藤之助から指名を受けた四人の形相が変わった。

四人のうち一番巨漢の唐人が罵《のの》り声を発し、長さ九尺余の矛を手にのしのしと武道場の床に上がってきた。その両眼は爛々《らんらん》と輝き、今にも藤之助を踏み潰《つぶ》さんばかりの勢いで、英吉利人に何事か言葉を投げた。すると玲奈が、

「突き殺しても責任は負えぬと言っているわ」

「ご随意にと申してくれ」

玲奈の口から唐人の言葉が発せられ、四人の武人がさっとそれぞれの得物を構え直した。するとさしも広かった地下の武道場が一瞬にして四人の武人の迫力で小さくなったように思えた。

洋服姿の藤之助は静かに木刀を正眼《せいがん》の構えから高々と突き上げ、瞑想《めいそう》した。

おおっ
というどよめきが英吉利人らの間から湧き上がった。

藤之助の脳裏に雨季滔々《とうとう》とした黒い流れを流す天竜川《てんりゅうがわ》の光景が映じた。信濃国《しなののくに》の諏訪湖《すわこ》に水源を発する天竜川は重畳《ちょうじょう》たる赤石岳《あかいしだけ》や白根《しらね》の峰々を背景に遠州灘《えんしゅうなだ》へと一気に流れ込む。

そんな光景を脳裏に浮かべた藤之助が、
かあっ
と両眼を見開いた。

剣の師片桐朝和神無斎《かたぎりあさたかじんむさい》は、流れと山を望んで、

「流れを呑《の》め、山を圧せよ」

と大きな構えを教えた。

信濃一傳流《いちでんりゅう》に自ら創意した独創の剣、

「天竜暴れ水」

へと繫《つな》がる序章の構えだ。

「参られよ」

その瞬間、その場にあるマッカトニー支配人ら英吉利人は六尺二寸余の藤之助の背丈が何倍にも大きくなったような錯覚に捉《とら》われた。

矛の武術家が奇声を発すると矛を前後に扱《しご》いて藤之助との間合いを詰めようとした。

藤之助は矛先が胸に迫るのを感じつつ左手に、
ふわり
と飛んでいた。それは唐人の武術家らに予測もさせない行動だった。一気に間合いを詰められた青龍刀の若い武人は手にした得物を藤之助に向かって振り下ろした。

だが、藤之助は迅速精緻《じんそくせいち》を極めて動いていた。

木刀が青龍刀の柄を摑《つか》んだ手首を叩いて落とし、さらに右手から矛先を巡らしてきた巨漢の内懐《うちぶところ》に踏み込んで矛の柄を叩くと二つにへし折り、さらに旋風が砂を巻き上げるように変化《へんげ》した藤之助の木刀が一、二度振るわれると残りの二人の唐人らの得物がそれぞれの手から飛んで帆布畳《マット》に転がっていた。

藤之助は後ろも見ずに、

ふわり

と背後に飛び戻った。

そこは最初藤之助が木刀を立てて構えていた場所に寸分違《たが》わなかった。

(動いたのか動かなかったのか)

迷うほどの一瞬の動きと早業《はやわざ》だった。

得物を飛ばされた唐人四人は言葉もなく呆然と藤之助を見ていた。

藤之助が会釈した。

それに反応したのは折られた矛の柄を手にしていた巨漢の武人だ。両眼に憤怒《ふんぬ》の様相が浮かんで、地下を圧するように奇声を張り上げると手に残った柄を振り上げ、藤之助に襲い掛かっていった。

藤之助は引き付けるだけ相手を引き付けておいて振り下ろされる柄に木刀を合わせ

て弾き飛ばすと木刀がさらに白い光になって翻《ひるがえ》り、立ち竦《すく》む巨漢の額《ひたい》に、

ぴたり

と止まった。

うっ

と息を呑む音が響いて巨漢は両膝を折って藤之助の前に屈した。

大きなどよめきが地下を圧した。

それが静まったとき、四人の武人が下がり、一人だけその場で平静を保っていた薙刀の唐人が武道場の床に静かに上がった。

「藤之助、上海は言うに及ばず長江《ちょうこう》から黄浦一帯で武名を知られた劉宗全《りゅうそうぜん》よ。侮《あなど》らないで」

玲奈の注意に頷いた。

劉に向き直った藤之助は黙礼して相手を迎え、両者は間合い二間半で対峙《たいじ》した。その長大な間は七尺の長身にして八尺五寸余の薙刀を自在に使いこなす劉の間合いだった。

劉は三十を一つ二つ越えた年齢か。七尺の長軀《ちょうく》に赤ら貌《がお》の顎《あご》を美髯《びぜん》が覆《おお》っていた。

両眼は静寂を湛《たた》える光を宿していた。

だが、静の構えが豹変することを藤之助は最前の稽古で察知していた。

藤之助は正眼の構えをとった。

信濃一傳流奥傳《おうでん》正舞四手の一の太刀の構えだ。

半身の構えで薙刀を保持した相手も動かない。

柔と柔、静と静。

一見、二人の対決はそのように見受けられた。だが、それは装われたものだった。

静寂を保つ劉は長い薙刀を利して一発に仕留める覚悟と藤之助は察していた。仲間四人が藤之助一人にあっさりと敗北を喫したのだ。なんとしても仲間の恥辱を雪《そそ》ぐという思いが胸に渦巻いていると予測されたが、劉宗全は全くその感情を顔に見せなかった。

地下は凍り付いたように寒気が覆《おお》い、時が停止した。

達人と名人の勝負とだれもが承知していた。

劉の赤ら顔が青白く変わった。

きええっ
という気合が劉の口を衝《つ》いた。

藤之助を釣り出すためのものか、構えは微動もしない。

きええっ
気合の間隔が短くなり、その場にある人々の耳が麻痺《まひ》した。
その瞬間、劉が飛んだ。
両手に保持していた薙刀から左手が薙刀の鐺《こじり》へと滑り、右手が外され、左手一本が延びた。その動作は飛翔の中で行われ、二間半の間合いが一気に詰まり、反《そ》りの大きな刃が藤之助の顔面を襲った。
藤之助の力を承知しているはずの玲奈さえひやりとした劉の強襲だった。
柔と静に装われた劉が剛と動に変じた瞬間だった。
藤之助は正眼の木刀を、
そより
と動かし、反りの強い薙刀の刃の鎬《しのぎ》を弾いた。
劉はそれを予測していたように右手に向かい長大な薙刀を流して迅速に手元に引き寄せつつ、不動を保つ藤之助の足元を掬《すく》い上げるように振るった。
疾風怒濤《しっぷうどとう》の二合目を藤之助は飛びもせず、木刀で受けもせず、
そより
と半歩後退することで流した。

劉の薙刀が手元に引き戻され、両手に構え直されたとき、藤之助は再び元の場所に戻っていた。

前哨戦で互いの力を認め合った二人は再び長い沈黙の対峙に入った。

長大な時がゆるゆると流れていく。

ジャーディン・マセソン商会上海支店の地下射撃場兼武道場にあるすべての人は二人の対峙に身動き一つできなかった。

ふうっ
と長い息を劉が吐き、半歩間合いを詰めた。そして、停止した。

直後、巨岩が崩れ落ちる勢いで劉が踏み込んできた。

藤之助も初めて動いた。

両者の踏み込みで間合いが一気に縮まり、薙刀の刃が藤之助の肩口を袈裟《けさ》に狙った。

刃風を感じながら藤之助は薙刀の千段巻を叩いた。刃が流され、鐺が藤之助の下半身を襲った。

接近戦に入った藤之助に対して劉宗全は薙刀の刃だけではなく鐺を利用して長大な得物の欠点を補った。

藤之助は刃を受け、鐺を流して劉の攻撃を避け続けた。

木刀が刃の鎬に合わされ、柄を叩く度《たび》に、
かんかーん
と乾いた音が響いた。

その間隔が段々《だんだん》と短くなり、藤之助は間近に劉の弾む息を聞いていた。美髯が靡《なび》き、刃がきらきらと眼前に躍った。

「レディー・玲奈、そなたのお連れは苦労しておるようですな、今に劉に押し潰《つぶ》されますぞ」

マッカトニー支配人が玲奈に嬉《うれ》しそうに話し掛けた。

「この駆け引きをそうご覧になりますの」

「劉が攻め続け、圧倒しているのは、だれの目にもはっきりしておりますぞ」

「支配人、藤之助の立つ位置をご覧なさい」

「なに、立つ位置ですとな」

マッカトニーが防御に追われる一方と見た藤之助の位置を確かめた。

「おや、下がっておるのは攻めておる劉か」

「いかにもさようですわ」

「なんてことか。となるとこの勝負はいつ決しますかな、レディー・玲奈」

「いつ何時《なんどき》でも。藤之助がそう考えたときに決着しますわ」
藤之助は劉の息がさらに荒くなったのを感じた。
劉も攻め手を欠き、間合いを外す瞬間を考えていた。
ひょい
と藤之助が劉の振るう刃を受け流した。
(この瞬間じゃぞ)
劉は薙刀を身に引き付けつつ飛び下がった。迅速にして果敢な判断だった。だが、眼前に展開された光景に劉は茫然自失《ぼうぜんじしつ》とした。
飛び下がる劉に合わせるように藤之助が踏み込んできて、木刀が肩口をしなやかに襲ったのだ。劉は必死で鐺を回して受けようとしたが、それを悠然と掻《か》い潜《くぐ》った木刀が軽やかにも、
ぱーん
と鋼鉄の筋肉に覆われた劉の肩口を叩いて横手に転がした。
ふわり
と藤之助が飛び下がり、洋服姿でその場に正座して、木刀を傍《かたわ》らに置いた。
場内粛然《しゅくぜん》として声一つない。

ふうっ
と劉の口から溜息《ためいき》が洩《も》れ、
ごろり
と起き上がると藤之助に向き合い、大胡坐《おおあぐら》を掻いた。そして、頭を深々と下げると何事か宣告した。顔に漂う笑みと表情が言葉の意味を示していた。
劉は潔《いさぎよ》くも、
「参りました」
と告げたのだ。
「劉大人、それがしがこれまで出遭《でお》うた武人の中で一番の強敵にございました」
藤之助の言葉を玲奈が通弁すると、
かっかっか
と劉が笑い、胡坐を解いて藤之助に膝行《しっこう》すると、藤之助の手を大きな手で握り締めた。
もはや武人と武人、言葉は要らなかった。互いの目を見合い、何度も握った両手を虚空に上げ下げした。

玲奈と藤之助の二人がジャーディン・マセソン商会上海支店を出たのは昼餉《ひるげ》を馳走になったこともあり、八つ半の刻限、英吉利租界の午後三時過ぎのことだった。

「藤之助、ご苦労様」

馬車が開港場にある商会の門を出て走り出したとき、玲奈が労《ねぎら》った。

「なんの、それがしはただそなたの尻にくっ付いて歩いただけだ」

「いえ、違うわ。あなたが示した武術の腕前は幕府の要人のだれがなにをなしたよりも大きな出来事だったのよ。あの紳士方にはね」

「座興ではないのか」

「あなたが今日示した行動は武術の技量を超えたもの、これから付き合う日本人とはなんたるかを彼らに考えさせたわ。それが大事なの」

「そんなものか」

藤之助は昼下がりの上海の英吉利租界を馬車から見回し、

「どこに参るな」

と玲奈に聞いた。

「今晩、インペリアル・ホテルで年忘れの大きな夜会が催されるわ。そこには列強各国の人士全員が集まるの。となればいちいち訪ねていくより、その場で岩城と石橋両人の話を聞くほうが早いわ」

藤之助は玲奈の素早い情報収集に感心していた。

「岩城が商会から乗り換えた武器商人ブレダンも姿を見せるであろうか」

玲奈の顔が横に振られ、

「二人の日本人失踪《しっそう》になんらかの形で関わっていると目される武器商人ばかりは来るとも思えないわ」

頷く藤之助に玲奈が聞いた。

「行きたいところがある」

「岩城、石橋両人が最初に上海に来た時に泊まっていた旅籠《はたご》を訪ねたい。この者たちはどう考えても夜会には招かれてはおらんだろうからな」

玲奈が頷き、李少年と御者に命ずると、二人がぎょっとした様子を見せたが、玲奈の厳しい顔に接した御者が馬に鞭《むち》を入れた。

## 三

一五五三年、度《たび》重なる倭寇《わこう》の侵入に上海県城が築城されることになった。

その周囲九シナ里（約六キロ）、堀は幅六丈（十八メートル）、深さ一丈七尺、城壁の高さ二丈四尺（約七メートル）の規模を持ち、東に朝宗門《ちょうそうもん》（大東門）と宝帯門《ほうたいもん》（小東門）の二門、南に跨龍門《こりゅうもん》（大南門）と朝陽門《ちょうようもん》（小南門）の二門、西に儀鳳門《ぎほうもん》（老西門）、北に晏海門《あんかいもん》（老北門）の六門が主な出入り口として使われた。

玲奈に命じられた御者は馬車を四川路に入れ、南進させた。

東方交易の前を流れる運河《クリーク》を渡り、玲奈と藤之助は初めて仏蘭西《フランス》租界に馬車で踏み入った。

仏蘭西の安南《アンナン》人警護兵が租界の入口で馬車を停止させた。玲奈が何事か異国の言葉で伝えると直《す》ぐに通過が許された。

仏蘭西租界は英吉利租界ほど広くはなかった。あちらこちらに三色旗が棚引き、英吉利租界とは一風異なる瀟洒《しょうしゃ》な建物が並んでいた。歩く人々の服装やなりがどことなく違った。

李少年が玲奈と藤之助を振り見て、何事か告げた。

「藤之助、城内では喉が渇いても絶対に水を飲まないようにですって」

「なぜだな」

「唐人たちは黄浦江から水をくみ上げて飲料に供しているの」

「なに、あの腐敗した流れの水を飲んでおるのか」

「上海は大小の河川運河が縦横に張り巡らされた水郷よ。だけど飲料水に適する水はないそうよ。そこで多くの城内の住人が流れの水に明礬《みょうばん》を入れて濾過《ろか》して飲んでいるの。中にはそのまま飲んで死ぬ人が絶えないとか」

藤之助は天竜川の流れを思った。黄浦江の流水に比べれば清水だったし、実際天竜川の水を飲んで藤之助は育ってきたのだ。

全てに亘《わた》って異郷は異なった。

「承知したと伝えてくれ」

仏蘭西租界を抜けた馬車は速度を緩めた。

県城の北、晏海門が見えてきた。

「なかなかの威容だな」

藤之助が感心する上海県城は南北二キロ、東西一・七キロ余の面積を持ち、見張り楼が二つ、防御柵三千六百、矢台二十箇所を設けて倭寇に備えたという。だが、もはや倭寇に備える県城では列強の近代的な火力に耐えられなかった。開港した上海の城壁外には野菜や雑貨を売る露店が櫛比《しっぴ》して大勢の人々が群がっていた。

ふあっ

と藤之助と玲奈の鼻に物が腐ったような複雑な異臭が押し寄せてきた。長崎の臭《にお》いを何百倍も濃くしたような臭気だった。

うっ

さすがの玲奈も懐《ふところ》から綺麗な布片を出して鼻を覆った。

李少年が門内に入るかと念を押す様子を見せた。

「参る」

と、藤之助の言葉を理解したように馬車は晏海門を潜《くぐ》った。さらに人と荷車などが行きかう雑踏が眼前に姿を見せた。

御者と李少年が絶えず叫びながら先へと進む。時には御者が怒鳴り声を上げて、往来の人々や物売りを蹴散らすように進んだ。

怒鳴られた唐人は薄汚れた恰好《かっこう》の、力のない目で馬車の二人をただ見詰めるだけだ。

阿片戦争に敗北したことが唐人から矜持《きょうじ》と精気をなくさせたのか。

道の両側の店々には雑多な品物が並んで売り手買い手がやり取りしていた。その品の中には長崎でも見ることが出来ない原色の絹地が翻《ひるがえ》り、壺が並べられ、珍奇な野菜や果物が並んで、その隣の店には豚の頭が飾られてあった。

小店が並ぶ通りから横手に入ると小舟が行きかう運河が縦横に走っているのが見えた。

すうっ

と喧騒《けんそう》が消え、幾分《いくぶん》臭気が少なくなった。

そんな運河に面した一角に岩城和次郎と石橋継種が最初に上海の宿とした旅籠があった。

李少年が最初に飛び下り、藤之助が玲奈の手を支えて下ろした。

石造りの小さな門を入ると日溜りの中庭があって籐《とう》椅子に老爺が腰を下ろし、煙管《キセル》を手に陶酔の表情を見せていた。辺りに流れる甘い臭いから藤之助にも阿片と察しがついた。

李少年が老爺に話しかけると、

とろん

とした目を向けた。

玲奈が自ら話しかけた。すると眠るような表情に変化が見えた。それを確かめた玲奈が李少年に馬車で待つように命じた。

その場に心を残した体《てい》の李少年が運河の通りに出ていった。

玲奈は慎重に行動していた。未《いま》だだれが味方か敵か分からぬ世界では少年とて信頼できなかった。

藤之助はその瞬間、だれかに見られているような気がした。

玲奈が老人に何がしか清国の貨幣を握らせた。すると緩慢な手付きながら直ぐにその貨幣を受け取ると二人に座れと許しを与えた。

二人が籐椅子に腰を下ろすと、

「おまえたち、長崎から来たのか」

と日本語でいきなり問い返された。

「老人、われらが言葉を話すのか」

「十数年、唐人街におって、通弁をしていたでな」

「では、黄武尊《こうぶそん》大人を承知か」

「ほう」

という顔で藤之助を見た。

「大人には一方《ひとかた》ならぬ世話になっておる」

老爺の視線が玲奈にいった。

「長崎町年寄高島了悦《りようえつ》どのの孫娘、玲奈どのだ」

藤之助の紹介に老爺ははるか遠い昔を思い浮かべる表情をして、

「了悦様にも世話になった。そなたが幼い折に見かけた気がする」

と言い、丁紹《ちょうろ》と名乗った。

「丁老人、教えを請《こ》いに参った」

「二人の和人のことか」

「いかにもさようだ。二人がこの家を宿にしたのは老人が和語を話すせいだな」

「上海には和語を解する者はそうおらんでな」

「岩城どの、石橋どのがこの家にいたのはどれほどですかな」

「半年、いや、七月であったか。そんなものだ。最初に来たのは商会の口利きであった」

「ジャーディン・マセソンのことだな」

老爺が頷いた。

「あの二人、いつかは衝突すると思うていた」

「ほう、なぜかな」

「岩城といったか。あの幕吏、他人を信用するということはない。通詞の石橋すら信頼しておらなかった」

「丁老人、二人がどうなったか承知か」

「石橋が岩城を殺して逃げたとか、東方交易の支配人葛里布がこちらに邪魔をしておらぬかと聞きに来た」

「どう思われます」

「通弁が岩城を殺したということか。話が逆さまならば理が通る」

と老爺が即座に言った。

「岩城が石橋を殺したということですね」

老爺が頷いた。

「どちらがどちらを殺したか未だ判然としませぬ。そこで我々はその生死と行方を尋ね歩いているのです。その後、二人のどちらかがこの旅籠を訪ねてきたことはありませんか」

「ないな」

丁老爺はあっさりと否定した。

「じゃが、葛支配人は何度も訪ねてきた」

「二人の和人が消えたのだ、どこかに痕跡がなければならぬ」

「上海では人が消えるなど日常茶飯事だ」

「丁老人、二人はどうなったと思います」

「葛里布が言うように石橋が岩城を殺したのなら、この家に助けを求めてきたであろうな」

丁紹老人は確信を持って言い切った。

「だが、来なかった」

「東インド会社やジャーディン・マセソン商会の限られた人間など、二人して頼るべき人間はそう多くなかったはずだ」

「名はなんという」

「それがしですか、座光寺藤之助です」

「座光寺さんか。そなた、英吉利人や亜米利加人が唐人や和人に心を許すと思うか。それがたとえ高島家の孫娘の玲奈様であったとしてもだ。奴らは利用するときだけ利用する。上海が阿片に冒されたように長崎も江戸もそうなる、そして、莫大《ばくだい》な金子が英吉利や亜米利加本国に流れ込んでいく」

それが阿片戦争の実態だと丁は二人に教えた。

「二人はこの二十日余り一度もこの家に姿を見せたことはなかったのですね」

藤之助は念を押した。

「ない」

老人は顔を横に振った。

藤之助は玲奈を振り見た。

「蘇格蘭《スコットランド》人マードック・ブレダンという武器商人を丁老人はご存じかしら」

「玲奈お嬢様。小刀会に武器弾薬を売り付けた商人だな、悪評判は承知しておる」

「面識は」

「ない。この丁紹、付き合わずともよい人間は直ぐに分かるでな」

「岩城和次郎とブレダンが手を結ぶということがあろうか」

「ほう」

と細い目を見開いた丁紹老人が、

「二人なら話が合うかも知れぬ。その場合、だれかの助けがいるな。岩城は異国の言葉がほとんど話せぬし、ブレダンは和語を全く理解できまい」

丁老人は石橋に代わる通詞がいると言っていた。

「老人、心当たりがある口調だな」

「武器商人ブレダンが薩摩《さつま》や福岡《ふくおか》藩に武器や阿片を流しているのを承知か」

玲奈が顔を横に振った。

「運んでいくのは黒蛇頭《くろじゃとう》の老陳《ろうちん》の烏船じゃぞ」

なんと上海で懐かしい名を聞くことになった。

「老陳とブレダンは繋がっているのね、老人」

「いかにもさようですぞ、玲奈お嬢様。また両者はこの県城内に隠れ潜む小刀会の残党とも繋がっておる」

「不用意にも岩城和次郎は老陳とブレダンの二人に接近し、商売の相手にしようと謀《はか》ったのかしら」

玲奈にとっても初耳か、驚きの声で呟《つぶや》いた。

藤之助は、吉原から足抜けした遊女の瀬紫《せむらさき》ことおらんのことを思い起こしていた。おらんは今も老陳の船に同乗している筈《はず》だった。

「老人、われら、どこに行けば石橋あるいは岩城を見つけられると思うな」

「座光寺さん、丁絽は占い師ではないでな。だが、はっきりと託宣できることがある。岩城が生きておるならばブレダンの傍《そば》か、老陳の船に匿《かくま》われておろう。そして……」

丁絽は言葉を切った。

「なんですな」

「岩城に利用価値がないと判断されれば、死体が黄浦江に浮く。それだけのことだ」

藤之助が玲奈を見た。

「行きましょうか」

二人は籐椅子から立ち上がった。

「玲奈お嬢様、その格好で県城内の奥に入ってはなりませんぞ。白昼であろうと大勢の人間に取り囲まれて闇に連れ込まれます。県城内は小刀会の騒ぎで何百人も殺され、人心は荒れ放題ですでな」

丁紹老人の口調には脅しではない、心の籠《こも》った忠告があった。

「有難う、忠告は肝に銘じておくわ」

「丁老人、なにか思い出したら英吉利租界、インペリアル・ホテルまで知らせてほしい」

丁紹は気《け》だるく頷いた。

馬車が晏海門を出たとき、藤之助は御者や李少年の背の緊張が解けたのを見た。

「まさか老陳が武器商人ブレダンと手を結んでいるとは思いもしなかったわ」

「さらには小刀会の残党とも繋がっていた。なんとも危険な綱渡りを岩城和次郎は試みたものだな」

玲奈が藤之助の言葉に首肯し、

「無知なのよ」

と苦々しく言うとしばし沈黙に落ちた。

すでに上海は黄昏《たそがれ》の刻限を迎えようとしていた。

「丁老人は英吉利人や亜米利加人は、われら清国人や和人を利用できるうちは利用する人間だといったな。それはブレダンにしろ、老陳にしろ一緒ではないか。岩城和次郎が軍艦二隻を買い付ける決定権を持つ人物と承知している間は生かしておこう」

冷たい風が二人の頬《ほお》を撫《な》でていく。

「分かったぞ」

「なにがわかったの」

「ホテルの化粧室の鏡に警告の言葉を残したのは老陳一味に加わる花魁《おいらん》のおらんだ。そうは思わぬか、玲奈」

「ありうる話ね」

馬車は運河に差しかかろうとしていた。流れには小舟が無数行き交っていた。

藤之助は馬車を止めさせ、橋の袂《たもと》で下りた。

玲奈が藤之助の顔を見て不意に言った。

「岩城和次郎には軍艦の買い付けを変更できるほどの力を与えられてないわ」

「ほう」

「元々《もともと》岩城個人の力でジャーディン・マセソン商会からマードック・ブレダンに乗り換えるなど出来ない相談なの。岩城は東インド会社やジャーディン・マセソンの恐ろしさを知らない」

藤之助は馬車の座席から腰を上げた玲奈を見上げた。

玲奈が藤之助の腕の中に大胆にも飛び下りてきた。それを藤之助は両腕で受けた。

「藤之助には全て見せてきたわ。五島《ごとう》の椛島《かばしま》沖でライスケン号とグーダム号と会合したわね、彼らは上海に密かに駐在する若い二人より長崎会所の実績を信頼して、直接の取引を望んでいるの」

玲奈が上海行きに先立つ椛島行きの秘められた理由を語った。

「今朝方、マッカトニー支配人とそのことを再確認したということか」

玲奈が頷き、藤之助の唇に口付けをすると両腕から下りた。

往来する唐人たちが玲奈の大胆な行動に虚《うつ》ろな視線を向けた。

「ブレダンが進める仏蘭西製の砲艦売買の線は、ジャーディン・マセソンの反撃で消えたと思って」

「となると岩城が生きていたとしても、その命は保証されないな」

「そういうこと」

藤之助は運河の岸辺に玲奈を誘った。

「今晩から行動を起こそう」

「なにか気付いたの」

「丁老人の態度をどう思う」

「どう思うとはどういうこと」

「我々が訪ねることを予《あらかじ》め承知していたとは思わぬか」

「そう言われればそんな気もするけど」

玲奈は曖昧《あいまい》に返事をした。

「丁老人の旅籠の庭にいる我々に関心を示した者がある」

「見張られていたということ」

「そういうことだ」

藤之助は上海県城の城壁の上から斜めに射す西日に煌《きらめ》く濁った運河を見た。

「なんにしても行動を起こすには足が要ろう。英吉利租界、仏蘭西租界、唐人の住む上海県城内と徒歩《かち》で回るのは危険過ぎる」

「なにを考えているの」

「小舟が借りられぬものか。さすればインペリアル・ホテル前の運河から運河沿いに県城内にも入り込め、呉淞口《ウースンコウ》にも黄浦江《ホワンプーチャン》にも出られよう」

玲奈が馬車の御者台からこちらを見守る李少年を手招きして呼んだ。


二人がインペリアル・ホテルに戻ったのは、英吉利租界の要人が玲奈の歓迎の夜会を催すという一時間前のことだった。

玲奈が最初にバスを使い、その後、藤之助が一日じゅう上海を馬車で走り回った汗と埃《ほこり》を洗い流した。

化粧室から藤之助が出ると玲奈が優美な装いで立っていた。

玲奈がその夜着込んだのは藤之助が初めて見る銀糸を縫《ぬ》い込んだ萌黄色《もえぎいろ》の布地で仕立てられた、裾《すそ》の長いドレスだった。

胴が見事に締まって強調され、そのせいでかたちのよい胸が眩《まぶ》しいほどに盛り上がり、両肩が剝《む》き出しのドレスの玲奈は、長崎生まれの女性とは思いもつかなかった。

「驚いた、天女様が目の前に舞い降りたようじゃ」

「異国に天女はいるかしら」

玲奈が微笑《ほほえ》むと藤之助に口付けし、

「今度は伊那《いな》の若殿が変身する番よ」

と着替えを迫った。

四

そのとき、虹口《ホンコウ》の方角から、
どーんどーん
と空砲の音が響き、軍楽隊の奏する軽快な調べが聞こえてきた。

「亜米利加東インド艦隊が着いたようね」

とそのことを承知の様子の玲奈が藤之助のために用意していた夜会服《ディナー・ジャケット》を抱えてきた。

「玲奈、やはりあちらの洋服でなければ非礼にあたるかのう」

「洋服は嫌いなの。藤之助は体格がいいからお似合いよ」

「玲奈、嫌いでもなければ着心地のよさも重々承知じゃ。だがな、大勢の列強の紳士軍人が会する場に、それがしが真似《まね》たとてなんの意味があろうかと思うてな。この上海で幕臣のそれがしが心掛けねばならないのは徳川幕府の威信をささやかでも示すことではないのか。ならば羽織袴に大小のほうが武士のなんたるかを示す良い機会ではないかと思うたまでだ」

玲奈がにっこりと笑った。

「一理ある話ね。つい座光寺藤之助が交代寄合伊那衆ということを忘れていたわ。ならばこちらのトランクに用意してあるものを着なさい」

玲奈は革製の西洋長持のひとつから畳紙《たとうがみ》を取り出して紐《ひも》を解《ほど》いて、藤之助に見せた。

「そなた、それがしのために何着羽織袴やら洋服を用意したのか」

「藤之助、まだ足りないくらいよ。あなたが言うように外交には時にやせ我慢も必要なの。国の威信を示すために虚勢を張り、見栄を通す我慢が要るわ。それが列強と対等に付き合っていくための最低限の心懸けよ」

頷く藤之助の背に玲奈が長襦袢《ながじゆばん》を着せ掛けた。

四半刻《しはんとき》後、部屋の大鏡の前に玲奈と藤之助は並んで立った。

「藤之助、伊勢《いせ》小紋の小袖の色が利休茶《りきゆうちや》の羽織袴を引き立ててよくお似合いよ」

「そなたの服を邪魔せぬか」

「だれもあなたが一年半前まで伊那谷で棒切れ振り回していたなんて想像もつかないわ」

鏡の中の二人はなんともしっくりと調和していた。

藤之助はすでに手挟《たばさ》んでいた脇差《わきざし》の傍《かたわ》らに藤源次助真《とうげんじすけざね》を差すと、
ぴりり
と身が引き締まるのを感じた。

「お姫《ひい》様、参りましょうぞ」

藤之助が片腕を差し出すと玲奈が顔を寄せて藤之助の唇《くちびる》に口付けをして、

「藤之助、今宵《こよい》集まる紳士方、軍人の中には立派な家系の者ばかりがいるわけではないわ。どこぞの山猿が急に出世して上海で都踊りを真似ようという連中も混じっているの。外交とは騙《だま》し合いよ、座光寺藤之助、臆《おく》することなどなにもないの」

と言うと藤之助の腕に腕を絡めた。

夜会はインペリアル・ホテルの大広間で催された。

上海に租界を持つ英吉利、仏蘭西、亜米利加を始め、独逸《ドイツ》、西班牙《スペイン》、葡萄牙《ポルトガル》など欧州各国の人士が数百人も集まり、食事と酒を楽しんだ後、会話や男女が向かい合って腕を組み合う踊りに興じた。

玲奈の下には多くの外交官や軍人が集まり、情報を交換し、談笑した。玲奈はその人々に必ず藤之助を紹介して顔を売る機会を作ってくれた。

藤之助はその夜ほど言葉が通じぬ者は半人前以下と悔やんだことはなかった。そして、

(次なる機会は下手でもよい、直《じか》に話し合える仕度《したく》をしておかねば)

と決意を新たにした。

何人かの紳士が玲奈に踊りの相手を願い、玲奈もそれに応じた。

藤之助は、玲奈が相手の異人と巧みに踊る身のこなしの優雅さを驚嘆の目で見ていた。会場の婦人方はすべてイブニング・ドレスだったが、玲奈ほど若くて美貌の持ち主はいなかった。

玲奈はつねに夜会の中心にあり、大輪に咲き誇る華だった。

背後から日本語で話しかけられた。

「玲奈さんが完全に上海の話題をさらいましたね。紳士方全員が踊りの相手をしてくれるのを待ってますよ」

振り向かずともその声がバッテン卿と分かった。

「どうです、座光寺さん、嫉妬を感じませんか」

「いちいち玲奈の行動に驚いたり、嫉《ねた》みを感じたりしていてはこちらの身心が持ちませぬ、バッテン卿」

「われら、出島《でじま》の異人たちも玲奈さんには振り回されっ放しですからね」

とバッテン卿が琥珀《こはくいろ》色の酒精《アルコール》がたゆたうグラスを手に笑った。

「バッテン卿、それがし、見るもの聞くもの全てが珍しくためになり申す。玲奈の行動に文句を付ける暇《いとま》などありませぬ」

藤之助の補足の言葉にバッテン卿が笑みで答えたとき、ジャーディン・マセソン上海支店のマッカトニー支配人にエスコートされた玲奈が戻ってきた。

「どう、藤之助、楽しんでいる」

「十分にな。そなたも水を得た魚のように生き生きしておるぞ」

「惚《ほ》れ直した」

玲奈の言葉にバッテン卿がにやりと笑った。

「玲奈さん、あなたに紳士方が次から次にダンスを申し込むのに嫉妬をしませんかと尋ねたのですよ、その返答が分かりますか」

「バッテン卿、そんな暇はないって一蹴《いっしゅう》されたのね」

「おやおや、このお二人、互いの心の中もお見通しだ」

と笑い、蚊帳《かや》の外にいるマッカトニー支配人にバッテン卿が日本語を通訳した。すると壮年の支配人が得心したように頷き、何事かバッテン卿と玲奈に言った。

「藤之助、あなたはマッカトニー支配人が初めて接する風貌と気性のサムライだそうよ」

と説明してくれた。

ふわっ
という感じで紫色のタキシードの紳士が歩み寄り、玲奈に何事か告げて腕を差し出した。

藤之助はまた新たに玲奈に踊りを願う相手かと思った。

だが、マッカトニー支配人とバッテン卿が見せた険しい表情を訝《いぶか》しく思った藤之助は、玲奈の顔を窺《うかが》った。

紳士がさらに、玲奈に何事か告げた。すると玲奈の顔にも驚きが走った。

だが、直ぐにいつもの笑みを湛《たた》えた表情に戻ると藤之助に許しを乞《こ》うように見て、その男に腕を預けて舞踏場へと出ていった。

残された三人の間にしばしの沈黙があった。

マッカトニー支配人がバッテン卿に早口で話し掛け、頷いたバッテン卿が、

「あの男がだれか分かりますか」

と藤之助に聞いた。

「バッテン卿、それがしが名を知る者は目の前のお二人以外におらぬ」

「マードック・ブレダンと申せば思い出すことがありますか」

「一匹狼の武器商人でしたな」

「そうです。この夜会に顔を出せる男ではありません。招かれざる客です」

バッテン卿はそう日本語で説明するとマッカトニーと英語に替えて何事か話し合った。

支配人が藤之助に会釈するとどこかへ消えた。

舞踊音楽に代わって軍楽隊の勇壮な調べが夜会場を圧した。会場に姿を見せたのは亜米利加東インド艦隊の鼓笛隊と士官らだ。

「先ほど紅口《ホンコウ》に着岸した亜米利加海軍の士官連中です。野猿の野暮集団です」

とバッテン卿が言い放ったが決して嫌悪の感じはなかった。

鼓笛隊が会場を一周し、調べが終わった。すると会場から歓迎の拍手が沸き起こっ

た。

「少々無作法は許してください。彼らは長い訓練を終えて久しぶりに上陸したのですからね」

バッテン卿が新興国亜米利加の海軍軍人の無作法を謝った。

そこへ玲奈が戻ってきて、藤之助の腕を取った。

「あの人物がだれかもう承知ね」

「岩城和次郎に翻意させた武器商人マードック・ブレダンだそうだな」

頷いた玲奈はバッテン卿と異国の言葉で話し込んでいたが、バッテン卿も、

「座光寺さん、失礼しますよ」

と二人をその場に残して去っていった。

「藤之助、喉が渇いたわ」

玲奈の視線の先に盆に沢山《たくさん》のグラスを載せた安南人の給仕の姿があった。藤之助はその場に玲奈を置いて給仕に近寄り、

「頂戴《ちょうだい》致す」

と日本語で話しかけると透き通った液体の飲み物を二つ貰《もら》った。

玲奈のところへ戻ると軍服の男が玲奈に話し掛けていた。踊りの相手を願っている

のだろう。

軍楽隊と一緒に会場入りした亜米利加海軍の士官のようだ。玲奈から断られたか、優美に礼をして仲間のところに戻っていった。

「異国の夜会とはなんとも忙しいものじゃな」

「藤之助、これは遊びのようで遊びではないの。夜会こそ最大の外交の場という人もいるわ。ここに集う人は酔っているようで実は心から酔ってはいないわ。鵜《う》の目鷹《たか》の目で相手から情報を引き出す駆け引きをしているの。時に不用意に漏らした一言が国を動かすことになるからよ」

「江戸留守居役どのらが料理茶屋に集う寄合のような意味合いもあるのか」

「そうね、それの何百倍も規模の大きなものと思えばいいわ。時に甘い言葉の陰で脅したりすかしたり恫喝《どうかつ》したりといろいろの駆け引きが行われる」

「ブレダンもその手をそなたに使ったか」

「私たちに和人が会いたいそうよ、その手引き役にこの会場に来たと言ったわ」

「和人とは石橋継種か」

玲奈が顔を横に振った。

「石橋かはたまた岩城か、別の第三者か名は挙げなかった。あいつも私たちの気を惹《ひ》いているのよ」

と呟いた玲奈がグラスを藤之助のグラスと軽く打ち合わせ、呑んだ。それを待っていたように亜米利加海軍の士官がダンスの相手を玲奈に申し込んできた。先ほどの士官とは違う若者だったが二人とも礼儀を心得ていた。

「藤之助、今宵は辛抱して」

「騙されないようにせいぜい楽しめ」

藤之助が玲奈を送り出し、口に酒を含んだ。

(能勢《のせ》隈之助《くまのすけ》は未だ航海中であろうか)

このような催しの場に出る機会があるのであろうか。いや、あるまいと藤之助は思い直した。

幕臣の藤之助が密かに長崎を出て上海に来られたのも、社交界にいきなり出られたのも長崎会所、高島家と出島の阿蘭陀商館との長い交流があったればこそだ。

玲奈の導きなしでは藤之助は丁老人の旅籠にすら泊まることも叶《かな》うまい。それにしても、

(藤之助、どこへ流されていこうとしているのか)

しっかりと二本の足で大地を踏み締め、両の眼《まなこ》を見開いて激動を凝視せねば天竜の

流れが岩場に当って砕け散るように歴史の狭間に消えていくことになる、と己《おのれ》に言い聞かせた。そして、久しぶりに、

（山吹《やまぶき》領の家臣は食べておるか、江戸屋敷は生計《たつき》が立っておるか）

と座光寺家の当主の立場と務めを思い出した。

その藤之助の視界の前で奪い合うように亜米利加海軍士官たちが玲奈に舞踊の相手を申し込んでいた。

夜会には欧米人の女性も多数いた。だが、玲奈の美貌と若さは際立っていた。

調べが終わった。

すると何人もの士官が玲奈に群がり、困惑した玲奈が助けを求めるように藤之助を見た。

藤之助は悠然と玲奈の傍《そば》に歩み寄り、

「暫時《ざんじ》、休憩を願いたい」

と日本語で話しかけると玲奈に腕を差し出した。

玲奈の腕が絡み、舞踏の場から去ろうとした。

二人の前に赤鬼のような亜米利加海軍の士官が立ち塞《ふさ》がった。

異人の年齢を読み取ることは藤之助には難しかったが、三十は過ぎていそうな年齢

だった。

　玲奈が何事か願った。

「あとで、とでもいったか」

　すると相手が藤之助を指差して何事か告げた。

「藤之助、私じゃなくあなたと踊りたいと言っているわ」

「それがし、西洋の踊りは踊れんでな」

「いえ、剣舞よ」

「このような場で無粋ではないか」

　会場じゅうが藤之助らの行動を見守っていた。

「あなたがライスケン号の水兵たちを倒したこともジャーディン・マセソンの武道場で唐人武術家を負かしたことも承知で挑んでいるのよ」

「この場の主《あるじ》が許されるとなればお相手仕《つかまつ》ろう」

　玲奈がマッカトニー支配人らを呼んで二人の男たちの意向を告げた。長い話し合いが終わり、

「座興の一つ、模範試合ということで話がついたわ」

　と玲奈が藤之助の羽織の紐《ひも》を解いた。

「玲奈、相手に好きな得物を選べと申せ」

玲奈が藤之助の意向を伝えると亜米利加東インド艦隊一のサーベル遣《つか》い、ジャクソン・ダンと名乗った若者が即座に腰に吊ったサーベルの柄を拳《こぶし》で叩いた。

「ご自由に」

舞踏会場から男女が引いて周りのテーブルへと下がった。

藤之助は羽織を脱ぐと玲奈に預けた。それで仕度はなった。

すでにダンはサーベルを抜いて虚空に旋回させて示威行動と準備運動を兼ねた動きをしていた。さらには下から巧妙な動きで突き上げるような動作を繰り返した。

藤之助はダンの得意技が相手を誘い込んでの突き上げと見た。

間合い二間《けん》で藤之助とダンは対面した。

バッテン卿がダンに何事か忠告し、藤之助にも英語で告げた。それを玲奈が通弁してくれた。

「勝負がどのような結果になろうとも後に恨みを残すまじと、バッテン卿が説明したの」

「相分《あい》かった、畏《かしこ》まって候」

半身の姿勢を取ったダンがサーベルを右手一本に構えた。

相手が十分に構えたのを見た藤之助は、藤源次助真を抜いて静かに正眼に置いた。
その場にある大半の人々は武士が刀を構える姿を初めて見た。そして、優美な反りを見せる剣の鈍い煌《きらめ》きに、
おおっ
という静かなどよめきが起こった。
ダンが軽く前後に足を踏み変えながら間合いを詰めてきた。
藤之助は動かない。
ダンはさらに虚空を左右に切り分けた。なかなかの太刀風だ。
それでも藤之助は微動もしない。
足を踏み変えつつ一旦《いったん》後退したダンが、
ひゅっ
という気合とともに大胆に踏み込んできた。
サーベルの切っ先が藤之助の額《ひたい》に迫った。
藤之助の眼前を光が躍り、踏み込み様《ざま》に頭上から斬り下ろしてきた。そして、それは威嚇《いかく》か、誘いの動作か、藤之助が動かないと見ると、
さあっ

と後退した。

両者は再び一間の間合いで構え合った。

藤之助の不動は続いていた。

会場の男女のだれもが、

(なぜ動かぬ)

と藤之助を訝《いぶか》しく思いはじめていた。

ダンが再び攻め込んで前後に素早い突きと引きを繰り返した。そして、直《す》ぐに後退すると片手構えの姿勢に戻した。そして、次なる行動にダンが移ろうとした瞬間、藤之助が初めて動いた。

そろり
と正眼の構えのままに踏み込んだ。

「後の先」

ダンが正眼の助真の刃の下を搔《か》い潜《くぐ》って踏み込み、必殺の突きを入れた。

藤之助は、

「後の後」

で応対した。

正眼の剣が必殺の突きを弾き、巻き込むように刃でサーベルを手繰《たぐ》った。
あっ
という悲鳴のダンの手からサーベルが高々と飛んで天井に突き立った。その直後、助真の刃がダンの赤ら顔の額に、
ぴたり
と止まった。
ダンの顔が真っ白になり、両膝はがくがくと落ちて、
ごとん
と藤之助の前の床に膝を屈した。
わああっ！
しばらく夜会の会場を重い静寂が支配した。そして、その直後、異様などよめきがインペリアル・ホテルの夜会のサロンを圧して響き渡った。
ダンはなにが起こったか分からぬ様子で茫然自失としていたが、ゆっくりと立ち上がり、刀を引いた藤之助に笑みを湛えた顔で握手を求めた。すると会場に盛大な拍手と歓声が沸き起こった。

# 第五章　上海《シャンハイ》の雨

一

　ぱさぱさに乾いた大地に音を立てて大粒の雨が降り始めた。雨は大地に吸い込まれるように潤したが、それが三日も続くと上海《シャンハイ》を泥濘《でいねい》の町へと変えた。黄浦江《ホワンプーチャン》、呉淞江《ウースンチャン》の水位を押し上げ、濁流が塵芥《じんかい》を長江《ちょうこう》、黄海《こうかい》へと流していた。そんな漂流物の中には腹《ふく》が異様に脹れた人間の死骸も混じっていた。

　夜会が終わった夜から、玲奈《れいな》と藤之助《とうのすけ》は武器商人マードック・ブレダンからの連絡を待った。だが、なかなかその連絡は来なかった。

「虚言を弄《ろう》されたか」

「私たちに嘘を吐《つ》いてどのような意味があるの」

「それもそうじゃな。ブレダンは租界の異人たちの反感の目を承知の上で夜会の場に出てきて玲奈に踊りを申し込んだのだからな」

「私の踊りの相手を務めるためにインペリアル・ホテルの夜会に姿を見せたのではないわ。なにか隠された意図があってのことよ」

「岩城和次郎《いわきわじろう》と思える人物との対面を策してのことか」

「と思うのが素直な判断ね」

玲奈と藤之助が繰り返した会話だ。だが、いつまで待ってもブレダンからの連絡は来なかった。そこで藤之助は玲奈に、

「玲奈、それがし、丁紹老人《ちょうろう》の旅籠《はたご》を見張ってみようと思うがどうだ」

と提案した。

「舟で見張るというの」

二人はホテルの前の運河《クリーク》に小舟を係留していた。

「羽織袴《はおりはかま》でも洋服でも直《す》ぐに怪しまれるわよ」

「唐人の服を都合できぬか」

「それは簡単だけど。唐人に身をやつそうというの」

「唐人の中に身を潜めるにはそれしかあるまい」

玲奈はしばし沈思した後、藤之助の考えを受け入れた。

藤之助が丁紹老人の旅籠を少し離れた運河の岸辺に止めた小舟で見張り始めた日から雨は一段と激しさを増した。

小舟には苫《とま》屋根があり、簡単な煮炊き道具から寝泊りができる夜具まで積み込まれていた。そして、相棒に李《り》少年がいた。玲奈の忠告に従ったのだ。

いつ果てるとも知れぬ見張りだが、藤之助は格別苦痛を感じたことはない。李少年が県城内の古着屋から買い求めてきた長衣には安酒と食べ物と汗の臭《にお》いが染《し》み付き、蚤《のみ》までいて体じゅうが痒《かゆ》くなり、それがただ一つの不満だった。

唐人の被《かぶ》る菅笠《すげがさ》に髷《まげ》を解《ほど》いた頭を隠し、異臭を放つ長衣で運河《クリーク》の水位が上がるのを見て朝から昼、昼から夕べ、そして夜から夜明けへと退屈な時を過ごした。

丁紹老人の旅籠は、規則正しく朝六時に開門し、男衆が部屋から中庭へとごみを掃き出し、そのごみを運河へと落して日課が始まった。

その後、粥《かゆ》でも煮ているような湯気が路地から上がり、旅籠の泊まり客がざわざわと起きる気配があって、七時には大半の客が出ていった。

客は半分が半月一月《ひとつき》と滞在して商売をする商人で、残りが一日二日だけ宿泊する客だった。長期滞在の客が商いを終えて戻ってくるのが夕方の五時から六時の頃合だ。

時に旅籠で酒を飲む客はいるようだが、夕餉《ゆうげ》は大半が外で済ませていた。丁紹老人の旅籠はどうやら朝餉《あさげ》だけを供する決まりのようだ。

それでもしばしば近くにある食べ物屋の小僧が旅籠に出前にきた。時に二人分か三人分、あるいは一人分だけの注文もあった。

藤之助はだれが出前の食べ物を食するのか気にしていた。だが、出前を取る人物が丁老人やその家族なのか、あるいは密かに部屋に逗留《とうりゆう》する客なのか判断がつかなかった。

見張りを始めて三日目、運河の水位は一尺五寸ほど高くなっていた。そして、雨はいつ降り止《や》むとも知れず続いていた。

夕暮れ、李少年が食べ物屋からあつあつの饅頭《マントウ》を買い求めてきた。

藤之助が初めて食する具入りの饅頭は温かく美味だった。二人は黙々と饅頭を食い、ひたすら表戸が閉じられた旅籠を見張っていた。

夜八時を過ぎた頃合、最後の客が通用口から中へと消え、李少年が小舟の舳先《へさき》から小便をして夜具に包《くる》まり眠りに就いた。

藤之助が苫舟を舫《もや》った岸には仕事を終えた何隻もの荷舟が留められていた。そんな苫舟の中から濁った水面を雨が叩《たた》く音を聞いて藤之助は起きていた。

無意識の裡《うち》にぼりぼりと蚤がくった背を藤之助は掻《か》いていた。

雨音に李少年の規則正しい鼾《いびき》が混じり、深夜を迎えた。するとどこからともなく櫓《ろ》の音が響いてきた。

藤之助が菅笠を被った頭を苫から突き出して確めると、明かりを点《とも》した船影が黄浦江の方角から近付いてきた。

藤之助は苫の中に体を戻し、李少年を揺り起こした。唐人の言葉で寝言を繰り返した後、李少年は睡魔の中にも使命を思い出したか起き上がった。

玲奈は李少年と何度も会話を重ねた後、さらに身辺を調べさせた。そして、

「藤之助、李を見張りの仲間に加えなさい」

と推挙したのだ。

県城内の地理が皆目分からない藤之助にとって心強い味方だった。いや、味方と信じるしか他に方策はなかった。

李少年は即座に起こされた意を悟り、苫の隙間《すきま》から旅籠の表を見た。すると通用口が、

ぎいっ

と鳴って綿入れ外套《がいとう》と鍔広《つばびろ》帽子の影が出てきた。

明かりを点した唐人の小舟が旅籠前の石段に近付き、影が舟に飛んで乗り込んだ。それが岩城和次郎か石橋継種《いしばしつぐたね》か、あるいは別の人間か、藤之助には推測は付かなかった。二人とは面識がない上、綿入れ外套で体型は隠されていて、和人か唐人か、はたまた紅毛人かさえ区別がつかなかった。

小舟はさらに西へ向かって進んでいく。

李少年が藤之助を振り見た。

「参ろうか」

藤之助の言葉が分かったように李少年が苫舟の艫《とも》に動いて櫂《かい》を握った。舫い綱は藤之助が解いた。

李少年が荷舟の間から苫舟を流れに出した。舳先から藤之助が旅籠から客を乗せた舟影を確めると半丁先に明かりが浮かんでいた。

無灯火の苫舟は相手の明かりを頼りに尾行を開始した。

雨音が李少年の操る櫂の音を消していた。

いくつか橋を潜《くぐ》った。

相手の小舟はゆったりとした舟足で西進する。

雨脚が少し弱くなったか。するとどこからか銃声が響き、さらに応射する砲声が県城内に殷々《いんいん》と響いた。

藤之助は舳先に身を横たえて明かりを見ていた。

冷たい雨を菅笠で避けようとしたが、項《うなじ》や首筋に氷雨《ひさめ》が当って身を凍らせた。だが、じいっと待機しているより雨に打たれても行動しているほうが気分はよかった。

明かりが突然闇と雨煙の中に消えた。

運河《クリーク》が交差するところで船が左折したせいだ。

李少年の櫂が動きを増して消えた明かりを追った。小さな橋がいくつも架《か》かる運河の十字路で苫舟も左折した。

藤之助は明かりがどこにもないことに気付いた。

(うむ、どうしおったか)

夜の雨を透かし見た。

ぎいっ
と雨煙の向こうに櫓の音が微《かす》かに響いていた。明かりを消したのだ。

李少年もそのことを認めたか、櫂を操って間合いを詰めようとした。

銃声が近くになった。

眠りに就いた上海県城内で鉄砲を撃ち合う人間たちがいた。

藤之助は長衣の下に吊《つ》っているスミス・アンド・ウエッソン輪胴式五連発短銃を確めた。

この夜、藤之助が携帯した武器は使い慣れた小鉈《こなた》とリボルバーだけだ。

藤之助の手は次に小鉈を摑《つか》んだ。

県城の内門と思える水門を先行する小舟が潜った。するとさらに銃声が大きく響いてきた。

櫓の音が水門の天井や石壁に反響していた。その音はかなり長く続いた。ということは水門の厚みがそれだけあるということではないか。

李少年の櫂の動きが鈍った。そして、ついに止まった。

「どうした」

藤之助の問いが理解できたかどうか李少年は答えない。どうやら水門内に入ることを恐れている様子だ。

「ここまで来たのだ、引き返すわけにはいくまい」

李少年は沈黙を守っていたが意を決したように櫂を再び操り始めた。その様子から上海県城の中でも危険な地域であることが想像された。

県城の水門に苫舟の舳先を入れた。

弧状に煉瓦《れんが》が積まれた水門の幅は四間か、長さは十数間ありそうだ。さらに闇が濃くなった。

出口の向こうにちらちらと明かりが浮かんだ。

藤之助は仕草で舟足を緩めろと李少年に伝えた。意を即座に理解した李少年が櫂を止めた。

惰性で苫舟が進む。

水門を抜けた。するとそこは四角形の船だまりが待ち受けていた。その一辺は四十余間はありそうだ。水の広場を河岸道が取り巻き、岸辺に痩《や》せた楊《やなぎ》が植えられていた。そして、廃墟のような建物が水の広場を囲んでいた。

小刀会《しょうとうかい》の占拠とその後の清国軍の暴挙に破壊されたか。だが、その破壊された建物にも人の住いする気配があった。

水の広場の南東の一角に船着場があって、藤之助が尾行してきた舟影の他にも数隻の船が集まっていた。どれも船足が早そうな船ばかりだ。そして、一隻の船上には銃を保持した人影が見張りに立っていた。船上には大小の木箱が積まれ、別の船には麻袋が積み上げられていた。

藤之助は、

（武器と阿片《あへん》の取引の現場か）
と直感した。
長崎で木箱や麻袋には何度も接していた。船上の人物らは木箱の蓋《ふた》を開いて細長い包みを点検していた。別の一群は麻袋に群がっていた。
不意に丁紹老人の旅籠から姿を見せた鍔広帽子に綿入れ外套姿の人影が小舟から船着場に飛んだ。外套の裾《すそ》が、
ぱらり
と開き、遠くから濡《こぼ》れてきた明かりに日本刀の鞘《さや》が見えた。
それがだれであれ、日本刀を外套の下に隠し持つ人物だった。
藤之助の乗る小舟は、闇と雨に紛《まぎ》れるように水門の出入り口で停っていた。
藤之助は手真似《てまね》で李少年に石段の傍らの河岸道に近付けろと命じた。
李少年が怯《おび》えた表情を見せた後、それでも櫂を手繰《たぐ》り始めた。
苫舟が緩やかに闇を伝って石垣に接岸し、藤之助は、
ひらり
と河岸道に飛んだ。
水の広場を見下ろす建物の屋上から警告の口笛が鳴らされ、綿入れ外套の男が、

きいっ
とした視線を藤之助に向けた。

藤之助は長衣の袖に片手を突っ込み、リボルバーの銃把《じゅうは》を握ると立ち上がった。

外套の男とは十数間の距離があった。

二人は睨《にら》み合った。

藤之助は闇に沈み、男は明かりを背負っていた。雨と闇が二人の風体相貌《ふうていそうぼう》を曖昧《あいまい》にしていた。

「岩城和次郎どのじゃな」

藤之助の口から静かな問いが流れ出た。

相手の身が竦《すく》んだ。だが、なにも答えない。

「それがし、座光寺《ざこうじ》藤之助、長崎から参った」

藤之助の言葉に水の広場じゅうが一斉《いっせい》に反応した。

「座光寺藤之助、上海まで邪魔に来たか！」

一隻の船上から女の声が響き渡り、いきなり銃声が鳴り響いた。

吉原を足抜けした遊女の瀬紫《せむらさき》ことおらんの声だった。

藤之助は榻の根元に転がった。すると今まで藤之助が立っていた泥濘の地面に銃弾が次々に着弾した。

さらに強盗提灯《がんどうちょうちん》より何十倍も強い光が藤之助の姿を探して延びてきた。

藤之助は泥濘の中、ごろごろと転がりながらリボルバーを抜くと明かりに向かって二発連射した。

ガラスが割れるような音がして明かりが消えた。

李少年が苫舟を出しながら叫んでいた。

藤之助は苫舟の舳先に飛ぶと、集まっていた船が散り散りに動き出したのが分かった。そして、その中の一隻におらんが立ってライフル銃を構えて藤之助の苫舟に連射してきた。だが、狙いは定まらず、銃弾が尽きたか、不意に銃声が止んだ。

藤之助は船着場の日本人、岩城和次郎と思える人物に視線を向けた。

この男も手に短銃を構え、藤之助に狙いを付けていた。だが、遠ざかる小舟に引き金を引くことはなかった。

「座光寺藤之助、この借りは返す！」

おらんの声が響き、小舟は水門の闇に入っていった。

藤之助はインペリアル・ホテルの化粧室のバスタブに身を沈め、ぼりぼりと蚤に食われた痕《あと》を掻いた。

なんともいい気持ちだ。

地獄から極楽に舞い戻った感じだ。

夜明け前、李少年の漕《こ》ぐ小舟はインペリアル・ホテル前の運河に戻ってきた。泥濘に転がった恰好《かっこう》でホテルに戻ろうとすると、李少年が藤之助の手を取り、ホテルの敷地に隣接した小公園に藤之助を連れていって噴水のある池で泥塗《どろまみ》れの衣服を洗い、体の汚れを流してくれた。そして、ホテルの裏口に回り、外階段から三階の部屋に戻るように手真似で教えた。

「謝々《シエシエ》」

藤之助が上海に来て覚えた言葉で礼を述べ、

「昼過ぎに会おう」

と地面に時計の絵を指で描いて正午十二時、九つの刻限を指した。すると李少年が分かったという顔で頷《うなず》いた。

玲奈は濡れそぼち、臭気を発して戻ってきた藤之助を見て、湯殿に連れ込むと何度もバスタブに湯を張り替えて体から汚れと臭《にお》いを洗い流してくれた。

お陰で藤之助は生き返った。

「長崎の物貰《ものもら》いだってもっとましよ。部屋じゅうが臭うわ」

「すまんな。どうしたのだ、着ていた衣服は」

「ホテルのボーイを呼んで始末させたわ。これで私たちの評判も台無し、一気に下落するのは間違いないわ」

玲奈は紅茶にブランデーを入れた飲み物をバスタブに身を横たえる藤之助に差し出した。

「雨の中、なにをやったら、ああ汚れるの」

「やはり丁紹老人の旅籠には刀を差した男がいた」

藤之助はその夜の冒険行を詳細に話した。

「なんとまあ、仇敵《きゆうてき》おらん様に再会したの」

「おらんめ、老陳《ろうちん》に深く取り入ったようじゃな」

「藤之助、ようもまあ生きて戻って来られたものね」

「人影を追っていったらあの場に遭遇しただけだ」

「武器と阿片を取引する現場に行き合わせたのよ。無謀もいいところよ」

「一隻の船は小刀会の残党であろうか」

「当らずとも遠からずね。小刀会は武器を欲し、黒蛇頭《くろじやとう》の老陳一味は阿片を受け取ろうとしていた現場よ、間違いないわ」

「恨みを買ったか」

「小刀会にも黒蛇頭にもね。そして、ブレダンにもね」

玲奈が平然と嘯《うそぶ》いた。

「それがしにはあの人物が岩城和次郎かどうか判別付かぬ」

「和人であることは確かなの」

「背丈は帽子を被っていたで五尺六、七寸余かのう、漠然としか分からぬ。顔付き風体年齢は雨と闇に紛れて見定めならなかった。だが、それがしの問いに反応した様子を見れば和人とみて間違いあるまい」

玲奈が頷いたがなにも言わなかった。

「ともあれそれがしの行動が問題を複雑にしたようだな」

藤之助は手にしていたブランデー入りの紅茶を喫して、
ふうっ
と大きな息を吐いた。

「和人はもはや丁紹老人の旅籠に戻ることはあるまい」

「隠れ家を替えるわね。丁老人を問い詰める手が残っているけど、まず惚《とぼ》けられて終わりね。ともあれ、藤之助の冒険行がだれかを動かしてくれそうね」

「そうなるとよいが」

「藤之助が声を掛けた人物が長崎から上海にきた二人の内の一人ならば、絶対にマードック・ブレダンに連絡《つなぎ》をつけると思わない」

「そう知り合いもおらんでな」

「となると嫌でもブレダンが動く」

「我らは待てばよいのか」

「そういうこと」

玲奈の顔が藤之助に近付いて口付けをすると、

「まだ臭《くさ》いわ」

と言った。

二

連日降り続いた雨が上がると、ぱさぱさに乾いた気候が戻ってきた。そして、寒気が上海を覆《おお》った。

天候の回復を待っていた黄浦江の阿片帆船が一斉に碇《いかり》を上げて長江、黄海へと出ていった。そして、その夕方には別の阿片帆船の一群が黄浦江に碇を下ろした。

この日、玲奈は唐人の船頭を雇い、苫屋根を剝《は》がした小舟に一人だけ乗ってインペリアル・ホテル前の運河を離れた。

開港場の間の運河から黄浦江の流れに出た玲奈の小舟は大小無数の船に紛れた。

小舟の舳先は英吉利《イギリス》領事館の建物を前に呉淞口に向けられていた。

長髪を風に靡《なび》かせた船頭は顔じゅうが髭《ひげ》に覆われた偉丈夫《いじょうぶ》でゆったりした長衣を着ていた。その裾が黄浦江の風にぱたぱたと靡いた。

悠然とした立ち漕ぎを続けながら小舟は呉淞江へと曲がり、西に向かって上流へと進む。

小舟の左舷《さげん》には英吉利租界の人工の緑が整然と豊かに広がり、対岸には茶色に乾いた大地が寒々と広がっていた。

蛇行する河を半里も上がったか、英吉利租界の西側を流れる運河《クリーク》に入った。すると運河の対岸には鄙《ひな》びた田舎の風景が見えてきた。

玲奈は、灰色の衣服を着た百姓が大地を耕す光景に目をやったり、農作地の間を流れる小さな運河から出てきた漁《いさ》り舟の仕事ぶりを見たりしながら、舟遊びを楽しんでいた。

運河を数丁いったところで玲奈の小舟の背後から何丁もの櫂を揃《そろ》えたカッター船が追走してきた。

漕ぎ手は横縞の服を一様に着て、風を防ぐためか、あるいは水飛沫《みずしぶき》を避けるためか顔を覆うような帽子を被っていた。そして船尾には同じ横縞服の舵手《かじて》が座り、これも同じ帽子を被っていた。

小舟の船頭が運河の端に、英吉利租界に近い岸辺へと寄り、真ん中の水路を空けた。明らかに土地の船ではない、租界の人間が所有する船だったからだろう。

不意に舳先に立ち上がった人影があった。

武器商人マードック・ブレダンだ。

玲奈は毛皮のコートの襟《えり》に顔を埋めながら櫂を揃えたカッター船が追いつくのを待った。

小舟の船頭は女主人の意を汲んで櫂を止めていた。

櫂の音が響き、再び小舟の船頭が併走するようにゆっくりと櫂を使い始めた。

カッター船と小舟では船足が違った。するとブレダンが漕ぎ手に船足を緩めるように命じた。カッター船の漕ぎ手たちは唐人と思えた。

ブレダンが付き合いのあるという小刀会の残党か。そうなれば帽子の意味が分かった。同じ制服と帽子で正体を隠しているのだ。

「レディー・玲奈、ご機嫌は麗《うるわ》しゅうございましょうな」

「ミスター・ブレダン同様に上海暮らしを満喫していますわ」

ふっふっふ

とブレダンが忍び笑いし、

「レディー・玲奈、長崎会所の命で上海に入られたのですな」

と訊いた。

「会所だけではなく幕府の命でもございますわ」

二人の会話は当然英語が使われた。

「ならば孤軍奮闘するブレダンの商品をレディー・玲奈、ご覧になってくれませぬか」

「その前にミスター・ブレダン、東方交易《とうほうこうえき》の二人の和人の生死と行方《ゆくえ》を教えて頂けません」

「それが条件で」

「まず一月ほど前に起こった事件の真相を知りたいものですわ」

「一身に過大な期待と責任を負わされた人間は時に暴発するものです。特に慣れない異国での暮らしではね。レディー・玲奈はすでに東方交易の居室をご覧になって答えを出されているはずですな」

「神経過敏になった岩城和次郎と石橋継種が対立して殺し合いをしたという証拠というわけね」

「それが真実です」

「だれがだれを殺害したのです」

「状況は全てツグタネがワジロウを殺したことを示していたはずですな」

石橋継種が岩城和次郎を殺したとブレダンは遠回しに言った。

「葛《かっ》支配人からも同じ説明を受けました」

「それが真実なのです」

「岩城和次郎が殺され、生き残った石橋継種は東方交易の公金を浚《さら》って逃げた」

「どこか訝《いぶか》しいですか」

「通詞《つうじ》の石橋を子供の頃から私はよく承知しています。まかり間違っても人を殺すような人間ではありません。また通詞が専門だけに武術の心得はありません。一方、岩城和次郎は武芸の達人と聞いております。岩城が石橋を殺したというのなら得心がいくのですけどね、ミスター・ブレダン」

「ワジロウは自らが殺されたように現場を装ったというわけですか」

「そう考えた方が自然ですわ、そう思いません」

二隻の船はゆったりと併走して運河《クリーク》を南進していた。

「岩城和次郎は、上海に来て自走砲艦二隻の買い付け先をジャーディン・マセソン商会から一匹狼の武器商人のあなたに乗り換えようと企てたそうね」

「一方ツグタネは幕府と会所の意向に忠実であったというわけですな」

ブレダンは岩城和次郎の翻意を婉曲《えんきょく》に認めた。

「なにしろ私の商品はジャーディン・マセソンのものより三割ほど安く、かつ優秀ですからな。理に適《かな》った選択ですぞ」

「ミスター・ブレダン、二人には上海で商売相手を乗り換えるような実権は与えられてなかったわ」

「対立して殺し合う要素など最初からなかったというわけですか」

「むろん色々な砲艦に試乗し、長崎へ報告する義務は負っていたわ」

「ならばワジロウが私の商品に触手を動かす気持ちがお分かりですな」

「だけど二人が相争う謂《いわ》れもないと思えるの」

「異郷の暮らしは孤独です。まして一人は全く我々の言葉を理解できなかった」

「追い詰められて感情を高ぶらせ、石橋に反対に撃ち殺されたというの」

玲奈の追及にブレダンは黙り込んだ。

小舟の船頭はカッター船の舵方に漠然とした視線を預けていた。

「さすがに長崎で評判のお嬢様だ。見事に偽装を見破られたようだ」

ブレダンは長い沈黙の後、敗北を認めた。

「いかにも生き残ったのはワジロウです。彼は私の下に逃げ込んできた」

岩城和次郎が石橋継種を殺し、自らが殺されたように装ったことを明確に認めた。

「あの殺し合い、二人が突発的に殺し合ったわけではなさそうね。あなたも最初から一枚噛《か》んで仕組んだ仕業ね」

ブレダンが顔を横に振った。

「レディー・玲奈、それは違います。二人の喧嘩《けんか》の切っ掛けがなんであったか知りません。ともかく私の下に転がり込んできた時、ワジロウは錯乱していました。それをなんとか落ち着かせ、東方交易に部下をやって事情を察した。そこで私は偽装の手伝いを少々致しました。それだけのことです」

玲奈が真実に接してか、

ふうっ
と大きな息を吐いた。

「石橋継種の亡骸《なきがら》はどうなったのかしら」

「このような場合、上海ではすべて黄浦江に流して魚に始末させます」

「証拠を消したというわけね、岩城和次郎に会いたいわ」

「レディー・玲奈、私の商売に協力してくれますね」

「仏蘭西《フランス》製砲艦を買い取るということ、それが条件なの」

「仮契約が成った後に彼とは引き合わせます。その後、ワジロウの行方を追わないでほしいのです」

「もはや岩城は長崎にも江戸にも帰れないわよ」

「かような激動の時代です。致し方ありますまい」

玲奈は岩城和次郎に会うことがまず使命を果たすための最優先事項と考え、ブレダンに頷いた。

ブレダンがカッター船の漕ぎ手と舵方に合図を送った。

櫂が一斉に水面を捉え、舵方が舵棒を握った。

玲奈の船頭もまたぐいっと両手の櫂を水面に入れ、水を掻いた。

その瞬間、異変が起こった。

どうしたわけか小舟の舳先が早船の方へと急旋回し、カッター船の船尾に激突した。

カッター船が大きく揺れ、舵方は流れに転落せんばかりに半身を水の上に突き出したが、舵棒を摑《つか》んでなんとか踏み止《とど》まった。そして、その口から、

「わあっ、なにばすっとか！」

と長崎訛《なま》りの日本語が叫ばれた。

「石橋継種どのじゃな」

玲奈の船頭が舵方に詰問した。そして、顔を覆っていた付け髭《ひげ》を剝《は》ぎ取った。

髷を解き、長髪を後ろに垂らした座光寺藤之助が船頭に化けた姿だった。

ブレダンが罵《のの》り声を上げた。

玲奈も、

「まさか、石橋継種が生きていたの！」

と驚愕《きようがく》の声を張り上げた。

ブレダンが漕ぎ手に怒鳴ると一斉に櫂が水面を搔き、小舟をその場に置き去りにして前進し始めた。

藤之助が小舟で追跡すべきかどうか一瞬迷った末にその水面に止まった。

カッター船とでは全く船足が違った。

「石橋なの、ほんとうに石橋継種なの！」

玲奈が去りゆくカッター船に向かって叫んだ。すると舵方が顔を覆うようにしていた防寒帽を脱ぎ、顔を向けた。

「石橋継種が生きていたなんて。あなたが岩城和次郎を殺したの」

「致し方なかったのです、玲奈お嬢様」

たちまち早船と小舟の間が半丁と水面が開かれた。

「ホテルに私を訪ねて来なさい。それが長崎会所の人間の務めよ」

玲奈の忠告に、もはや答えは返ってこなかった。

藤之助は長衣を脱ぎ捨てた。するとその下に体を大きく装うための外套を二枚ほど重ね着していた。一枚の外套を脱いで、

ふうっ

と息を吐いた。

「藤之助、ほんとうに石橋継種が岩城和次郎を殺害したの」

「玲奈、最初からそう素直に考えるべきであったのだ。確かに岩城和次郎は武術の腕

前では石橋とは比較にもならなかったであろう。また岩城がブレダンの示す仏蘭西国製造の砲艦の値に幻惑されて翻意した事実もあったかも知れぬ。だがな、玲奈、異国の暮らしで言葉が出来ぬほど無力なことはない。岩城は直《じか》にブレダンと意思を疎通させることは出来なかったのだぞ。となると通詞の石橋の考え次第ですべてが左右され、事が決しよう。石橋がなにを考えたか、分からぬが岩城と対立した。そして、石橋はブレダンと策を弄《ろう》し、一見《いっけん》岩城が殺されたように見えて、実は石橋が殺されたんだと信じさせる仕掛けをブレダンとやりのけたのだ」

「なんということが」

と玲奈が絶句した。

しばし沈黙が小舟を支配した。

「藤之助はいつ気付いたの」

「気付いたのは最前じゃ、咄嗟《とっさ》に舟をぶつけたあの瞬間よ。だがな、凶行の現場を見たときからなにか胸の底に蟠《わだかま》りがあった。異国で言葉ができない悲哀だ。それを考えたとき、あるいはと思っていた。そして、先夜、上海県城内の船だまりで見かけた和人とあの船の舵方が、ふわっ、と重なったのだ」

「石橋継種が生き残っていたなんて、会所にとって取り返しがつかない大失態よ」

玲奈の考えはそこにいった。

「砲艦買い付けが覆《くつがえ》るか」

玲奈が顔を横に振り、

「幕府の金蔵に自走の大型砲艦二隻を買い付けるだけの余裕があると思う。長崎会所が調達せねばならない約束だったの。会所とてそれだけの資金はないわ」

「八方塞《ふさ》がりのまま、岩城和次郎と石橋継種は上海に出されたか。この争いが起こった一因だぞ」

「致し方なかったの」

藤之助の厳しい言葉に玲奈が言い訳するように応じ、しばし沈黙の後、話し出した。

「椛島《かばしま》沖でライスケン号に会ったわね」

「いかにも。それが此度《こたび》の渡海のきっかけであったな」

「あの折、藤之助は武器商人トーマス・グラバーを見掛けたはずよ」

「おおっ、見た。そうか、あの紳士が東インド会社とジャーディン・マセソン商会の代理人か」

玲奈は頷いた。

「幕府も会所も上海に密かに派遣した岩城和次郎と石橋継種に全権を委任していたわけではないの。彼らの目的はあくまで上海の情勢の調査と日本の足がかりを上海に築くことなの。でも、岩城和次郎は上海に上陸して半年も過ぎた頃から暴走を始めた。長崎では石橋の手紙でおよその経緯《いきさつ》を摑んでいたわ」

「まさか幕府と会所が石橋に岩城暗殺を頼んだということはあるまいな」

「それはない」

と玲奈がきっぱり言い切った。

「二人の諍《いさか》いに即座に反応したのがジャーディン・マセソンよ。椛島沖にライスケン号とグーダム号が武器商人グラバーの一行を乗せてきたのは、そんな背景があったからよ」

「玲奈、そなたは会所の代理人であったか」

「高島《たかしま》家に生まれた者の宿命よ」

「なにが話し合われたか聞いてよいか」

「藤之助は未《いま》だ幕臣の身ね、聞かないほうが良いかもしれない」

藤之助もそれ以上玲奈を問い詰めることを控えた。玲奈もしばし沈思した後、

「岩城和次郎の翻意は私もよく理解できるの。ただし、ブレダンの扱う仏蘭西製自走

砲艦が本物であった場合よ」

「なに、偽物を摑まされるというか」

「とかく日本人は大きな取引であればあるほど相手をやみくもに信じて仕舞《しま》う癖がある、自分の懐《ふところ》が痛む話ではないからよ。だけど相手にする武器商人なんて海千山千ばかりよ。騙《だま》し合い、化かし合うのが武器取引と見たほうがいい」

「そんなものか」

「この清国が英吉利の武器商人や仏蘭西の代理人から蒙《こうむ》った被害は枚挙に遑《いとま》がないわ。まず新鋭の砲艦に試乗させ、契約に至ったとする。引渡しまでの僅《わず》かな空白を利用して搭載されていた大砲を始め全ての装備品が外され、ひどい例は蒸気機関まで外されて船体だけが渡されたこともあるそうよ。また新式の軍艦に試乗させ、引き渡しには同型の旧式艦を当てられる。いくらもある話なの」

「驚き入った次第かな」

「阿片戦争の結果、清国《しん》は福州《フーチヨウ》、広州《コワンチヨウ》、寧波《ニンポー》、厦門《アモイ》、そしてこの上海が開港されたわね。列強の狙いはもはや清国から日本に移っているの」

「だから、そなたらは自走大型砲艦を買い付けようとしておるのであろうが」

「藤之助、砲艦の装備や値段は取引の最中ゆえだれであっても洩《も》らすことはできないわ。だから、話せない」

「構わぬ」

「椛島沖で提案されたトーマス・グラバーの売値は会所が用意できる金子の三倍なの。それも三年前に建造された砲艦がよ」

「話にもならんな」

「岩城和次郎が三割方安い仏蘭西砲艦に飛びついた理由でもあったわ」

と過去形で玲奈は告げた。

「幕府は自走砲艦を手に入れられぬのか」

「今直ぐは駄目ね。列強各国はまず日本を開港させる、この上海のようにね。通商条約を結んだ後に砲艦を売り渡すことで暗黙のうちに合意している、上海にきて私はそう感じたわ」

「幕府に金子があっても列強のいいなりの武器取引か」

「一方で英吉利政府の方針に逆らって動く武器商人もいる」

「ブレダンだな」

大きく首肯《しゅこう》した玲奈が、

「舟を返して」

とホテルに戻ることを命じた。

藤之助は小舟の舳先を巡らせた。そして、船尾に座ったまま櫂を使った。

「会所はグラバーと砲艦の代わりに最新鋭のアームストロング砲を契約したわ。砲身内に鋼線を螺旋《らせん》状に巻いたより強力な大砲よ。この数十門のアームストロング砲を諸大名に売却して、砲艦買い入れの資金にすることで合意したの。そんな迂遠《うえん》な方策しか今の会所には出来ないの」

玲奈の口調には悔《くや》しさが滲《にじ》んでいた。

「なんとのう」

藤之助の知らぬところで世界は動き、徳川幕府が支配する三百諸国の命運が決まろうとしていた。

「だけどまさか福江《ふくえ》に陣内嘉右衛門《じんないかえもん》様が姿を見せられるとは努々《ゆめゆめ》考えもしなかった」

「そなたらに都合が悪きことであったのか」

「陣内様の主《あるじ》は老中首座堀田正睦《ほったまさよし》様だわね、此度のことを会所に持ちかけられたのは堀田様ではなかったわ」

「主の老中首座が国の命運を左右する企てから除《の》け者にされては年寄目付の陣内様もお怒りにならなかったか」

「不愉快であったことは確かでしょう。だけど陣内様も古狸《ふるだぬき》よ。即座にこの砲艦買い付けに加担されたほうが幕府のためになると計算され、堀田様にその旨《むね》急報なされた筈《はず》よ。今頃は老中首座と幕閣の何人かが手打ちをしている頃ね」

「呆《あき》れた世界かな」

「政《まつりごと》と外交交渉は推論、行動、恫喝《どうかつ》、妥協の産物よ。そう藤之助の剣のようにばっさりと答えが出ないわ」

藤之助はしばし沈黙したまま櫂を操ることに専念した。

「石橋継種の始末、長崎に問い合わせるか」

「そんな悠長は許されないわ」

「どうする気だ」

玲奈の口から返答はなかった。それが返事だった。

三

藤之助は眠りの中で、

(いつもとは違うようだ)

と感じていた。

遠くから散発的に響いてくる銃声が激しくなり、段々《だんだん》と近付いてくるように思えた。だが、玲奈の傍《かたわ》らに抱き合って眠る至福の時から現実に戻ることを藤之助のなにかが拒んでいた。

夜に入ると上海県城内から銃声、砲声はいつものことだ。

上海滞在が十日に及び、藤之助も玲奈も感覚が麻痺《まひ》していた。

ずずーん！

ホテルの窓を大きな爆発音が揺るがした。

「玲奈」

と叫んで藤之助は寝台から飛び下りた。

寝巻にガウンを羽織《はお》りながら出窓を開け、露台に出た。すると黄浦江の水面が真っ赤に染まっていた。炎は開港場の建物の屋根の上の空を焦がしていた。

(なにが起こったか)

いつもとは違うと思った。

玲奈も露台に出てきた。

「黄浦江の船が炎上しているようね」

藤之助は上海県城がある南の空を見た。県城内の方角でも炎が上がり、銃声、砲声が一段と激しくなっていた。

「英吉利租界の軍隊と清国軍が小刀会の残党狩りに県城内に入ったか。あるいは小刀会とは別の非正規軍が騒乱を引き起こしたか。老陳が率いる黒蛇頭か」

「分からない」

と答える玲奈の顔が赤く染まった。

ホテルの泊まり客のだれもが露台に出て黄浦江の方向を窺《うかが》っていた。その姿には怯《おび》えた様子があった。

玲奈は石橋継種が生きていたことと武器商人マードック・ブレダンと行動を共にしていることを工部局、そして、東方交易の葛里布《かつりふ》現地支配人に知らせていた。

もし、官憲が動いて引き起こされた騒動としたら、小刀会の残党と繋《つな》がりを持つブレダンらの取り締まりであろうか。それにしては反撃が激しかった。

「外に出てみるか」

藤之助の言葉に玲奈が頷いた。

露台から部屋に戻った藤之助はガウンと寝巻を脱ぎ去った。玲奈が、

「藤之助、今夜は洋服を着たほうがいいわ」

と忠告した。

藤之助は素肌にシャツを着て、スミス・アンド・ウエッソン五連発短銃の輪胴を外して装弾を確めた。五発全て装弾されていた。革鞘《ホルダー》を脇の下に吊《つ》るすとリボルバーを差し込んだ。

上着、ズボンを身に着け、編み上げの長靴を履《は》いた。さらに腰に長崎から玲奈が持参した兵児帯《へこおび》を回してしっかりと締めた。そこへ藤源次助真《とうげんじすけざね》と長治《おさはる》を手挟《たばさ》んだ。

小鉈を前帯に挟み込み、外套を着ると帽子を被った。それで仕度《したく》はなった。玲奈は、と振り返ると太股《ふともも》に装着した革鞘に小型拳銃を隠したところだった。藤之助は、黒い衣装の玲奈の背に革の外套を着せかけた。さらに予備の弾丸を入れた革袋を外套のポケットに突っ込んだ。

玲奈は防寒具の革袋を取り上げると左手を筒に入れ、さらに右手を突っ込み、

さあっ

と差し込んだばかりの右手を抜き出した。するとその手には銀色に光る小型短銃があった。玲奈は二挺目の短銃の出し入れを試したようだ。

「参りましょう」

再び右手を防寒具に差し込んだ玲奈が言い、藤之助は従った。

ホテルの外階段と裏口を使い、運河《クリーク》に降りた。

玲奈が舫い綱を外し、藤之助が小舟を押し出し、飛び乗った。櫂を両手に立ち漕ぎで黄浦江へと向かう。

どこの道路の辻にも警護兵が立哨《りっしょう》していた。もし徒歩で黄浦江に行こうとしたら止められていたかも知れなかった。

藤之助は闇から闇を伝い、櫂の音がせぬように静かに小舟を進めた。

前方の空は真っ赤に燃え上がり、これまで二人が嗅《か》いだこともない甘酸っぱい濃厚な臭いが流れてきた。

「阿片が燃えているわ」

と舳先の玲奈が呟《つぶや》いた。

開港場ではさらに多くの英吉利人や傭兵《ようへい》たちが走り回っていた。そして、近くから銃声も聞こえてきた。銃撃戦が英吉利租界内で行われているのだ。

小舟は黄浦江の合流部に出ようとしていた。

橋の上には警護兵がいた。

光が走り、銃口が向けられた。

玲奈が何事か警護兵に叫んだ。すると銃口が外され、士官か、言葉が返ってきた。

「命は保証しないそうよ」

「この上海でだれがだれの命を保証できるものか。それがしはすでに玲奈様のお守《も》りで手一杯でな……」

藤之助の冗談は途中で消えた。

黄浦江の英吉利租界と仏蘭西租界の沖に係留する阿片帆船《オピアム・クリッパー》が炎上していた。甲板にも畳まれた帆にも炎が走っていた。

それも何隻もだ。一番激しく燃え上がっているのは英吉利国旗を船尾に垂らした阿片帆船で船体中央部の帆柱の上まで炎が上がり、夜空を焦がしていた。船体も傾き、今にも横倒しになりそうだ。

「対岸から小舟で奇襲しての焼き討ちに遭《あ》ったようね」

「小刀会か」

「太平天国《たいへいてんごく》軍かもしれないわ」

清国内の政治情勢は千々に乱れていた。上海を支配する列強にだれが攻撃を仕掛けても不思議ではない。

「どうするな」

藤之助は呉淞口に向かうか、黄浦江の上流に向かうかと玲奈に聞いた。

「上海県城がどうなっているか知りたいわ」

藤之助は直ちに舳先を南へと向け、櫂に力を込めた。もはや櫂が軋《きし》む音を気にすることもない。黄浦江にも開港場にも砲声と銃声と悲鳴が交錯して騒乱状態になっていた。

どどーん！

亜米利加《アメリカ》国旗を掲げた阿片帆船の火薬庫に火が入ったか、凄まじい衝撃だ。上海じゅうを今夜一番の爆発音が揺るがし、夜空に猛炎が舞い上がった。

帆船の甲板から水兵たちが黄浦江に飛び込む姿が見えた。

上海の英吉利租界も仏蘭西租界も炎で真っ赤に染まっていた。

小舟は英吉利租界と仏蘭西租界の境を越えた。すると仏蘭西租界から警護兵が何事か叫んできた。

小舟の舳先に屹立《きつりつ》していた玲奈が即答した。すると士官らしき人物が注意でもするような口調で叫び返して、小舟は無事に上海県城内の北に走る濠《ほり》の口に接近した。

県城内の数箇所で激しい戦闘が行われているようで銃声と砲撃音が間断なく呼応していた。時に炎が上がり、城壁が揺れて崩れ落ちた。

城壁の東大門から荷を抱えた群衆が喚《わめ》き、泣き声を上げて河岸へと逃れてきた。すでに河岸には大勢の避難民がいた。たちまち河岸は群集と荷車と財産の牛馬で溢《あふ》れかえった。

河も城も燃えていた。

混沌《こんとん》と騒乱は地獄絵図を誘引した。河岸からぽろぽろと女子供が黄浦江の流れに落ち始めた。

混沌とした恐怖の中、いつも犠牲になるのは民衆だ。金持ちか、岸辺に舫っていた持ち船に乗り込もうとするところに大勢の人々が飛び込み、船が傾いて黄浦江に何人もの人々が転がり落ちた。船はなんとか傾きを取り戻し、岸から離れた。だが、水上に逃れたところで黄浦江も炎上していた。

だれも手出しが出来なかった。救いに走れば自らが錯乱した人々の渦に巻き込まれた。

「これが異国の侵略を受けた国の有様か」

「開港し、通商条約を結んだとしても列強各国に租界という名の領土分譲を絶対に許してはならないわ」

玲奈は徳川幕府の取るべき道を告げていた。そして、危険を顧《かえり》みず藤之助に玲奈が見せたかったことは、この惨状だったかと思い知った。

突然黄浦江の上流で蒸気機関音と砲声が響いた。

小型砲艦が呉淞口に向かい、猛然と突進してきた。

黒い船体の舳先が左右に白く波を切っていた。そして、水上に逃れた唐人の小舟を容赦なく蹴散らして進んできた。

国籍を示す旗はどこにもない。

藤之助は小舟の舳先を北に回すと小型砲艦が進む方向、下流へと漕ぎ出した。するとそのとき水面に沈みかけた竹筏《たけいかだ》に乗った母子を見つけた。

藤之助が小舟を近付け、玲奈が引き上げた。そうしなければ小型砲艦の波を食らって竹筏から振り落とされただろう。

介抱を玲奈に任せた藤之助は小型砲艦に目を戻した。いよいよ小舟に接近した小型砲艦から連続した砲撃音が響いて、上海県城内に撃ち込まれていた。小型砲艦の甲板上に麻袋が山積みになっていた。

阿片だ。

「マードック・ブレダンの傭船《ようせん》のようね」

母子が無事なことを確めた玲奈が言った。二人はぐったりとしていたが命に別状はないように思えた。

「石橋継種が乗船しているということか」

小型砲艦から再び砲声が起こり、城壁の一部が破壊された。城壁上には清国軍がいて、機関銃で応射した。

阿片帆船の炎で小型砲艦が照らし出された。

藤之助と玲奈が英吉利租界の西を流れる運河《クリーク》で会ったカッター船の連中が甲板に据《す》え付けた多銃身の機関砲を撃ち続けていた。

「なんということを」

玲奈が叫ぶと防寒具の革袋から片手を抜き出し、腕を水平にして短銃を構えた。

小型砲艦が小舟の傍らを通過しようとした。

小舟が大きく揺れた。

だが、玲奈は姿勢を保って引き金を絞った。走る小型砲艦に向かって放たれた小型短銃の弾丸が見事に機関砲手の肩に当たり、後方へと吹き飛ばし機関砲の砲口を無益にも空に向けた。

思わぬ迎撃に小型砲艦から銃口が向けられた。

横縞の制服制帽の連中が甲板に立ち、プロイセン生まれのドライゼが開発したニードル銃を構えて引き金を引こうとした。

藤之助もスミス・アンド・ウエッソン輪胴式五連発短銃を革鞘から抜き出し、即座に速射した。

タンタンタンタンタン

揺れる小舟からリボルバーが五発全弾を吐き出し、移動する小型砲艦の甲板に立つ射撃手たちを次々に後方へと吹っ飛ばした。

「座光寺藤之助、覚えていやれ！」

小型砲艦の船橋から内掛けの裾を翻《ひるがえ》したおらんが短銃を小舟に向かって撃ちかけた。だが、猛進する小型砲艦の波が藤之助らの小舟を揺らしたせいで弾丸は水面に撃ち込まれたり、はるか頭上を無益にも飛び去っていったりした。

小型砲艦は炎上する阿片帆船の傍らを猛然とすり抜け、呉淞口へと消え去ろうとしていた。

藤之助はリボルバーに新たな銃弾を装塡《そうてん》すると小舟を下流へと向けた。

「石橋も同乗していたろうか」

玲奈に問うた。

「絶対に逃さないわ」

玲奈の背が震えていた。

長崎会所の面子《メンツ》がかかっていたのだ。

そして、藤之助には藤之助で、吉原《よしわら》を足抜けした瀬紫ことおらんを始末する約定が稲木楼《いなきろう》の抱え主との間になされていた。

おらんは、安政《あんせい》二年十月の大火事を利用して、座光寺家の先代当主の左京為清《さきようためすが》と一緒に稲木楼の隠し金八百四十余両を強奪して逃げた女郎だ。

異郷の上海で玲奈には石橋を捕縛する意地が、そして、藤之助にはおらんを始末する使命があった。

仏蘭西租界から英吉利租界へと入ろうとしたとき、濁った水面から真っ黒な顔が浮かんでいた。なにか言いかけたがまた水中に沈もうとした。

「藤之助、阿片帆船の水夫《かこ》よ、小舟に引き上げて！」

「玲奈、櫂を代わってくれ」

玲奈に櫂を渡すと必死の思いで小舟の船縁に摑まる水夫の衣服を取って小舟に引き上げた。すると水夫は激しい勢いで咳《せ》き込み、吐瀉《としや》した。汚れきった黄浦江の水を飲んだせいだ。

「玲奈、向こうにも浮いておるぞ」

藤之助は水面を漂う二人目の水夫に小舟を寄せさせると二人目を引き上げた。だが、小舟では与える新鮮な水もない。三人目を引き上げたとき、小舟は見覚えのある砲艦の船尾に近付いていた。

ライスケン号の艦上から光が走り、小舟を照らし出した。

「レディー・玲奈、座光寺先生、小舟をタラップに寄せよ」

艦上から日本語が降ってきた。

即座に事情を察したバッテン卿だ。

玲奈が急ぎ、小舟をタラップに寄せると水兵たちが駆け下りてきて救助した三人の水夫と清国人母子を抱きかかえ、開港場へ運んでいった。

ふうっ

と息を吐く藤之助にバッテン卿の声が命じた。

「タラップを上って来られよ。反撃に出船しますぞ！」

藤之助は小舟を埠頭の杭《くい》に舫うとタラップに飛び移り、玲奈へと手を差し伸べた。

二人はすでに艦上へと収容され始めたタラップを駆け上がった。すると舳先を呉淞口へと向けたライスケン号が動き出した。

「バッテン卿、何が起こったのだ」

バッテン卿は二人をライスケン号の右舷《うげん》へと案内した。そこから黄浦江の左岸が見えた。するとそこでは長衣を着た一団数千人が手に銃や青龍刀など思い思いの得物を手に気勢を上げていた。頭分《かしらぶん》は馬に乗り、岸辺を走らせて片手の銃を発射しながら威《い》嚇《かく》行動をしていた。

「小刀会の残党が爆薬やら油を積んだ小舟を阿片帆船に衝突させて爆発させたのです」

英吉利貴族はもはや平静な言葉遣いに戻っていた。

「バッテン卿、上海県城内でも衝突が起こっている様子だけど」

「工部局と清国兵が入ったのですよ。ブレダンと小刀会残党が大きな取引をするという情報を得てね」

石橋継種捕縛が騒動の原因でなく、大規模な小刀会残党狩りが騒ぎの発端だった。

「阿片帆船への襲撃と上海県城内の捜索は同時に起こったということなの、バッテン卿」

「レディー・玲奈、互いに情報は洩《も》れておりますのでね、このようなことがしばしば起こります」

ライスケン号は黄浦江と呉淞江、別名蘇州河《そしゅうが》の合流部から大きく右舷側へと方向を転じようとしていた。すると黄浦江と長江の合流部付近から砲撃音が響いてきた。

「この騒ぎの大本は小刀会残党と老陳の黒蛇頭が組んだことです。そして、その背後にマードック・ブレダンが控えている」

甲板上では搭載砲の砲撃準備が急ぎ行われていた。

藤之助らはライスケン号の船橋に避難した。すると長江に老陳の持ち船、烏船が浮かび、すでに砲撃を開始していた。そして、その傍らにはブレダンの傭船の小型砲艦が砲口を黄浦江に並ぶ英吉利の軍艦と亜米利加帆船に向けて砲撃していた。

二つの艦隊の間には半里の間があった。

勢い盛んに砲撃しているのは烏船だ。

英吉利軍艦からも砲撃が始まった。すると烏船が長江の流れに乗って退却を始めながらもさらに砲撃を続けた。

ライスケン号が英吉利、亜米利加の連合艦隊に加わったことで老陳の烏船とブレダンの傭船の小型砲艦は黄海へと姿を消した。

長江と黄浦江の合流部から砲声が消えた。

黄海の空が白んできた。

「阿片帆船が四隻炎上させられた。荷主はがっかりしていることでしょう」

「阿片はすでに積まれてあったのですか」

「三隻のクリッパーには阿片が、昨晩上海に到着したばかりのカディフ号には武器弾薬が積載されていました。小刀会の残党は武器を強奪するつもりだったと思えます。それがどこでどう間違ったか、爆薬と油を積んだ小舟を最初にカディフ号に激突させて炎上させてしまった。今宵《こよい》は租界と小刀会の勝負、痛み分けですな」

となんとも流暢《りゅうちょう》な日本語でバッテン卿が論評した。

「バッテン卿、私どもが気にするのは長崎から派遣されていた石橋継種の行方です。ご存じございません」

「石橋さんがどこに行ったかは分かりません。老陳とブレダンの船の行き先ならば間違いなく寧波ですよ」

と二人を唆《そそのか》すようにバッテン卿が笑いかけた。

# 四

上海騒乱の後始末に数日が要された。

炎上した阿片帆船四隻が黄浦江から砲艦によって牽引されどこかへと運ばれていった。当然、船の出入りは停止していた。

騒ぎの夜から三日目、冷たい雨が黄浦江の上流で降った。すると上海の水位が上がって増水し、流れに浮いていた死体や騒乱の痕跡を長江へと押し流していった。

翌日、からりと晴れていつもの上海租界の美しい朝が戻ってきた。

「藤之助、明日にはジャーディン・マセソンの船が寧波に出るというわ」

ホテルのロビーに下りていた玲奈が戻ってきて報告した。

「上海は今日かぎりか」

「どこか訪ねたいところがある」

しばし考えた藤之助は、

「今一度東方交易を訪ねて岩城和次郎どのの霊を弔《とむら》って参ろうか」

玲奈が頷くと賛意を示した。

一時間後、ホテル前から馬車に乗り、四川路へと乗り出した。

凛《りん》とした冷気が肌にきりりとあたり、それだけに気持ちのよい陽射しが馬車の二人を照らし付けていた。

「藤之助の謹慎の二月《ふたつき》の半分は過ぎたわ」

「蟄居《ちっきょ》を受けた身が、こう顔の色艶《いろつや》がよいでは言い訳も出来ぬな」

藤之助は頬《ほお》を片手で撫《な》でながら自嘲《じちょう》した。

異国の食べ物が口に合ったか、長崎にいるときよりも体が一回り重くなっていると感じた。そこで藤之助は騒乱の跡片付けが済む間、ジャーディン・マセソンの地下の武道場に通い、独り稽古《けいこ》に打ち込んでいた。

「帰りの船は断食ね」

「髭《ひげ》を当たるのも止《や》めておこう」

玲奈の手が藤之助の頬から唇を撫で、

「今は駄目よ」

と言った。

「身嗜《みだしな》みを整えぬと異人は付き合いもしてくれぬからな」

藤之助が目を見張ったのは英吉利海軍軍人の挙動と身嗜みだ。どんな混乱の中にあっても規律は保たれ、身嗜みはきちんとしていた。上官になればなるほど威厳と平静を保ち、衣服も清潔なものを着用していた。

「藤之助の身嗜みは私のためよ」

と言った玲奈が、さあっと顔を寄せると藤之助の唇を奪った。

四川路と広東路の辻で馬車を止めさせた玲奈は、辻に出ていた露天の花売りを見つけ、花を買い求めた。

岩城和次郎の霊に捧げるための花束だろう。

東方交易の前を流れるクリークの楊《やなぎ》の枝に光が当たり、芽吹いているのが分かった。すでに一階の事務所には葛支配人らが姿を見せて所在なげに時を過ごしていた。

東方交易は存続か廃止か、岐路に立たされていた。

主の二人が上海から消えた今、葛支配人らの暮らしは一変する筈だが唐人の大らかさか、そう追い込まれた様子もない。

葛支配人が二人を出迎え、玲奈が胸に抱えた花束を見た。

玲奈が唐人の言葉で岩城和次郎の部屋に上がることを告げた。

二人は軋む階段を上がり銃撃戦の末に岩城和次郎が殺された凶行の部屋に入った。

暖房が切られて久しい部屋は氷の壁や床で造られた家のようで凍《い》て付いていた。

玲奈が寝台の上に花束を置き、胸の前で十字を切ると口の中でおらしょの文句を唱えた。

藤之助はただ時の停止した部屋の様子に目をやった。

別れの時は終わった。

廊下に出た玲奈に藤之助が、

「ついでだ。もう一つの部屋にも寄って参ろうか」

と誘った。

玲奈が藤之助の顔を見て頷いた。

こちらの部屋には暖気が残っていた。

藤之助は初めて訪問した時に手にした黒塗りの大小が西洋箪笥《だんす》の上に移されているのを見た。先日は寝台の下に置かれていた。

刃渡り二尺四寸三分の業物《わざもの》だ。

藤之助は今一度相州貞宗《そうしゅうむねさだ》と思える大刀の刃を抜くと窓から差し込む光に翳《かざ》して見た。

その様子を玲奈が黙って見詰めている。

「結局その刀は岩城和次郎様のものだったのね。遺品として長崎に持ち帰る」

「刀は武士の魂と申す。持ち主の傍《そば》に残しておこうか」

「死んだ人間は刀など要らないと思うけど」

玲奈がそう言うと部屋に一瞥《いちべつ》を残し、扉に向かった。

剣の遣い手と剣は一心同体と藤之助は考えた。そうなって初めて武人の域に達するのだ。

岩城和次郎の剣がこの場に残されている。

（剣よ、終生、主どのと全うせよ）

藤之助は刀の切っ先を鞘《さや》に入れ、鯉口《こいぐち》に小さな紙片を挟んで、
ぱちり
と納めた。

藤之助が階下に戻ったとき、玲奈と葛支配人が真剣に話し合っていた。

東方交易を今後どうするかその処遇を話し合っているのだろう。それを李少年らが耳を欹《そばだ》てて聞いていた。

暇を持て余した体《てい》の藤之助は厠《かわや》に行った。厠から階下の御用部屋に戻るとき、廊下の一つの扉に差し込まれたままの鍵束を抜き取り、懐《ふところ》に入れた。

玲奈と葛支配人の話し合いは一刻、二時間ほど続き、終わった。

最後に李少年に玲奈が何事か願った。李少年が頷き、玲奈がなにがしか金子を与えた。

葛支配人の顔には一先《ひとま》ずの安堵《あんど》の表情が漂っていた。

馬車が東方交易の前から走り出したとき、藤之助が、

「始末は付いたか」

と聞いた。

「私の一存では東方交易の運命は定められないわ。当分ジャーディン・マセソンの監督下で長崎との連絡事務所として機能させることにしたの。その後、東方交易を生かすも殺すも幕府と会所の総意しだいね」

「長崎会所の意向はどうなのだ」

「会所としては当然存続させてこれからの活動の拠点として続けたいでしょうね。だけど、私の報告次第では幕府がどう判断するか」

と答えた玲奈が、

「藤之助、上海最後の日よ。楽しみましょう」

と馬車の御者に何事か命じた。

玲奈が藤之助を案内したのは英吉利租界の西にある馬場、競馬場だ。すでに競馬は始まっているらしく軽快な調べが鳴り響き、しなやかな馬体、長い脚のアラビア馬が色取り取りの服を着た騎手を乗せて走っていた。

観覧席には租界のどこにこれほどの英吉利人の男女が住んでおるのかと思わせるほど詰めかけ、贔屓《ひいき》の馬を応援していた。

藤之助と玲奈は次から次に行われる競馬を見て、飽きると競馬場に設けられた食堂に行き、泡の立つ飲み物のビールを楽しみ、また競馬場に戻って競馬を見物した。

競馬場からホテルへの戻り道、

「それがし、長崎に帰り、海軍伝習所の剣術教授方の身分に戻れるかのう」

と思わず呟いた。

「謹慎二月が過ぎれば座光寺藤之助を元の身分に戻す。荒尾《あらお》奉行も永井《ながい》総監も理解なされているわ」

「玲奈、それがしの気持ちだ」

「上海を見てなにか変わったというの」

「変わったと割り切れれば事は簡単じゃ。じゃが、変わらぬ振りをして幕臣を続けられるかどうか自信がないのだ」

「上海に残る、それも手ね。東方交易は新しい人材を求めているわ」

玲奈は岩城と石橋の後釜になれといっていた。

「交代寄合座光寺家、家禄わずか千四百十三石じゃが伊那《いな》山吹《やまぶき》領陣屋にも江戸屋敷にも奉公人がおる。それがしは家長じゃぞ」

「藤之助の意のままにはならないというの」

「いかにも」

「激動する上海をわが目で見ても軽々に行動しないところが藤之助らしいわ。私たちに残された時間はそうはない。だけど十分に考えるだけの刻限は残されていると思わない」

「考え抜いた末に、事を起こす時は一度だけだ。その判断を座光寺藤之助、誤りたくはない」

「それでいいの、藤之助」

玲奈が革の筒袋から片手を抜き、その代わり藤之助の手を誘い入れた。

深夜、藤之助はそっと寝息を立てる玲奈の傍らから身を起こし、寝室を出た。居間で寝巻きを脱ぎ捨てると武士の威儀を正して小袖《こそで》に袴《はかま》を身に着け、羽織を着た。そして、藤源次助真と長治を腰に手挟んだ。

「独りで出かける気」

玲奈の声がした。

玲奈も毛皮の外套《がいとう》をすでに着込んで外出の仕度をなしていた。

「ちと上海でし残したことがあるでな」

「ならばお付き合いするわ、迷惑」

「なんの迷惑があろうか。心強い限りよ」

二人はホテル三階の非常口から外階段に出て、裏庭へと出た。

「玲奈、深夜の上海を歩くことになるぞ」

「小舟は埠頭に繋ぎ放しというわけ」

「いかにも」

玲奈はホテルの脇を流れる運河《クリーク》に舫われた小舟を指した。ガス灯の明かりに見慣れた小舟があった。

「ほう、そなた、どのような手を使ったのだ」

「簡単よ、李少年に頼んだだけよ」

藤之助は東方交易を出る前に李少年に話しかけていたのはこのことかと思い至った。

「ならばわが姫を歩かせる手間も省けたわ」

小舟に乗った玲奈は行き先を聞こうともしない。また藤之助も説明もしなかった。

小舟は上海の町を縦横に走る運河から運河を伝い、半刻後、藤之助は東方交易前の船着場に小舟を着けた。

玲奈は東方交易と分かっても一言も言葉を発しない。

藤之助は懐から鍵束を摑むとその中の一本を鍵穴に入れた。

「藤之助、泥棒の真似も出来るの」

玲奈の声が緊張していた。

「そなたと葛支配人の話し合いの間にあれこれと探し回ったでな。その折、借用して参った」

がちゃり
と音を立てて扉が開錠した。

階下の廊下から二階への階段を上がる。さらに三階へ階段が軋んで音を立てた。三階に到着したとき、石橋の部屋の扉の隙間から廊下に薄い明かりが洩れていた。

「石橋継種は上海に残っていたのね」

藤之助はそれには答えない。明かりの洩れる部屋の扉の前に立つと静かにノブを摑み、回した。

部屋の椅子に黒羽織袴の男が大刀を膝《ひざ》の前に立て端然と座していた。

「玲奈、紹介するまでもあるまい。長崎奉行所産物方岩城和次郎どのだ」

待ち受けていた武士が薄く頰に笑いを浮かべた。

「藤之助、岩城様が石橋を殺して石橋に扮していたというの」

混乱の体の玲奈が聞いた。

いや、と藤之助が答えた。

「玲奈、石橋継種どのも岩城和次郎どのも死んではおらぬ。あちらの部屋の銃撃戦の痕は工部局やジャーディン・マセソンや長崎から参るであろう人間、つまりはわれらを騙すための偽装の痕じゃ」

「なんのために」

「岩城どの、答えられよ」

岩城は沈黙を続けたままだ。

「ならばこちらの推測じゃが、上海を出る置き土産に話そうか」

「聞きたいわ」

「初めての異国の暮らしは、二人の人間を反目もさせれば、また琴瑟《きんしつ》相和す夫婦のような心境にもする。われらは最初、岩城和次郎どのと石橋継種どのが立場の違いから陰険な関係に堕《お》ち、反目したと考えた。葛現地支配人も最初二人が宿泊していた旅籠の丁老人もそうわれらに思わせたでな。だが、ある時期から二人は上海の激動を見て、長崎と幕府のくびきから離れて二人で自活しよう、だれにも先駆けて異国との交易で身を立てようと考えたのではないか。そのために二人が仲たがいして喧嘩口論が絶えなかったと思わせ、ついには銃での殺し合いをして一人が殺され、もう一人は逃走したという状況を偽装した」

「なんということ」

「さりながら二人もまさか会所の高島玲奈様直々《じきじき》に長崎からお出ましとは考えなかったようだな」

と藤之助は笑い、さらに推理を重ねた。

「岩城と石橋のご両人、これまで上海で培《つちか》った人脈、マードック・ブレダンの助勢の下、武器や阿片の商売で身を立てようと考えておるのではないか。そのためにはこの東方交易も大事なお店だ。葛里布現地支配人がどこまで加担していたのか知らぬ。だが、葛支配人らに仕事を失う切迫感が見られなかったのは、ある時期から岩城どのと石橋どのの企てを知り、協力していたからではないか」

「長崎会所の金子を使い、自分たちの商いの拠点にしようとしたの」

玲奈の言葉には未だ驚きがあった。

「なぜなの」

玲奈の問いが岩城和次郎にいった。

「高島玲奈様、先祖代々の幕府勘定方《かんじょうがた》の俸給がいくらかご存じか。この上海では小商売の主の日給にも当らぬ。上海は徳川幕府の支配するわが国の何倍、何十倍の速さで変化しておる。一日でも早くそのことに気付けばそれだけ巨万の富を稼ぐことができるのだ」

「それが祖国を裏切る理由なの」

「なんとでも申されよ」

と岩城和次郎が言い放った。

「岩城和次郎、人の褌《ふんどし》で相撲を取ろうという卑劣漢でも武人だ、簡単に刀は捨て切れなかったと思えるな」

玲奈が藤之助を、
はっ
という表情で見た。

「藤之助、あなたは刀を見て岩城和次郎が生きていると推量していたの」

「二尺四寸三分の業物《わざもの》は長崎通詞が携帯する差し料ではないでな。岩城和次郎が生きておるという推論が成り立つ。なれば二人が生きておる可能性もあるのではないかと思うたまでだ」

「藤之助を上海に伴ってよかったわ」

「玲奈、それがしを置いてきぼりにして独り異郷に立つつもりであったか」

「私の企ては最初から藤之助と一緒の渡海よ」

岩城和次郎が椅子から静かに立ち、膝の間に護持していた刀を腰に戻した。

「今宵の戦いは藤之助が仕掛けたの」

「そういうことだ」

岩城和次郎が刃渡り二尺四寸三分の業物の柄を握り、腰に落ち着けた。

藤之助は羽織を脱ぐと玲奈に渡した。

洋館造りの部屋は天井が高く、斬り合いに支障はない。

「そなた、田宮流《たみやりゅう》抜刀術を遣《つか》うそうな」

「承知か」

藤之助は藤源次助真を抜き、静かに正眼へ置いた。

鎌倉一文字派の祖、助真の鍛造《たんぞう》した刃渡り二尺六寸五分の大業物だ。

岩城和次郎の腰が沈んだ。

間合いは一間弱。

互いが一歩踏み出せば勝敗が決する。

藤之助も岩城和次郎も承知していた。

じりじりと岩城和次郎が間合いを詰めてきた。

一間が半間と間合いが詰まったところで岩城の動きが一旦《いったん》停止した。これでどちらかが踏み込めば生死を分かつことになった。

藤之助は微動もしない。

ふうっ

と岩城和次郎が息を吐き、吸った。

その瞬間、藤之助の助真が上段へと上がり、岩城和次郎が背を丸めて藤之助の内懐《うちぶところ》に剽悍《ひょうかん》にも飛び込むと、田宮流抜刀術の、

「回し抜き」

を遣った。

手の動きと同時に腰が回り、それだけ刃が鞘走る速度が増した。

二尺四寸三分の刃が鞘を離れて弧状の光になろうとした直前、藤之助の助真が懸河《けんが》の勢いで岩城和次郎の額《ひたい》を襲い、

すいっ

と顔面を斬り分けた。

うっ

岩城和次郎は身を竦《すく》めて動きを止めた。抜きかけた刀の切っ先は未だ鞘の内だ。

「む、無念なり」

藤之助が助真を引いた。

どどっ
と横倒しに岩城和次郎が崩れ落ち、藤之助が助真に血ぶりを呉《く》れた。

「あと一人……」

と玲奈の呟く声が藤之助の背でした。

# 解説

林家木久扇

私は昭和十二年生まれの戦中派の人間です。生家は日本橋区（旧称）久松町《ひさまつちょう》にあった雑貨問屋、幼年時に日支事変、日独伊三国同盟、日米開戦があり、やがて東京大空襲が始まります。三度目の東京大空襲で家は焼けてしまい、親せきを頼って杉並区西《にし》荻窪《おぎくぼ》へと一家は移り、エノラ・ゲイ機による広島、ボックスカーによる長崎への原爆投下、そして日本は無条件降伏、やがて迎えた終戦でした。

戦後のどさくさは目を見張ることばかり。悲惨な戦災孤児の群れ、外地からの引揚者、焼跡、進駐軍とジープ、ヤミ市、パンパンガール、リンゴの唄、天皇の人間宣言、ノミ、シラミ、ＤＤＴ、学校給食、買出し部隊、私と同世代の美空ひばりの出現……等、想い返せばフラッシュバックで私の少年時代、日本の激動が浮んできます。

この本のヒーロー弱冠二十二歳の座光寺《ざこうじ》藤之助為清《とうのすけためすが》が幕末の激動の時代を生きてゆくのを読みすすむ内に、限りない共感と共鳴を覚えるのも、激動とは何であるかを体感した私の中の血がさわぐせいでしょうか。

主人公は伊那谷《いなだに》の山中から二十一歳の時に江戸へ出てきました。本宮《ほんぐう》藤之助の仕える座光寺家は旗本なのに参勤交代を許され、交代寄合衆と呼ばれた豪族。安政《あんせい》の大地震の報に、信濃《しなの》から藤之助は江戸屋敷へ駆けつけます。放蕩者《ほうとうもの》の当主座光寺左京《さきょう》為清は吉原の焼けあとで遊び、花魁《おいらん》の瀬紫《せむらさき》と組んで妓楼《ぎろう》の金、八百余両をくすねて逐電《ちくでん》。武家の面目をつぶされた座光寺家は、天竜暴《てんりゅうあば》れ水《みず》の秘剣をもつ藤之助にその始末をあずけます。

そんなスリリングなオープニングに続き、主《しゅ》殺しから改めて将軍家に認められ座光寺家の当主となった藤之助にふりかかる波乱の数々。このシリーズの大敵になる瀬紫が送り込んでくる異国の刺客との激闘、千葉周作《ちばしゅうさく》道場での対決、黒船来襲の中、幕府の命により伝習所候補生をひきいての長崎行、と舞台は大きく変わります。

長崎で海軍伝習所剣術教授方につく藤之助、友人の勝麟太郎《かつりんたろう》ら有志との友情、出島《でじま》でのサーベル（洋剣）との試合、商家の娘玲奈《れいな》との出会い、ハーフの彼女からピストル射撃術を教わり、藤之助の武器は刀、小鉈《こなた》、リボルバー銃となる。長崎中をまき込む麻薬事件、陰に見えかくれする、瀬紫と黒蛇頭《くろじゃとう》、玲奈の母は隠れきりしたんの頂点にいてやがて始まる邪宗《じゃしゅう》狩り……。

動乱にさえわたる偉丈夫座光寺藤之助の秘剣！　天竜暴れ水！

佐伯泰英師の冒険時代小説の、スリル、サスペンス、息をのむ対決シーン、その面白さわかり易《やす》さは、佐伯師がプロの闘牛カメラマンだったことと切り離せないものと思われます。佐伯作品の文章がカメラのフレームとなり、読者の私等の脳裏のスクリーンに映像を写し出して呉《く》れるのです。だから面白い！

時代劇映画好きの私は佐伯作品の登場人物を映画化されたものとしてキャスティングしたりして遊びます。

この本、交代寄合伊那衆異聞『上海』では、ヒーローの座光寺藤之助為清——オリンピック砲丸投げ室伏《むろふし》選手の二十代の頃の感じ、恋人玲奈——聡明知的グラマラスな恋人役は米倉涼子、友人勝麟太郎——櫻井貴史（モデル出身、只今《ただいま》ドラマ等で売出し中の美丈夫）、阿蘭陀《オランダ》貴族バッテン卿——ショーン・コネリー、大久保純友《おおくぼすみとも》——大目付宗門御改《おあらため》の大敵、仲代達矢、その手下目明し利吉《りきち》——萩本欽一、藤之助の天敵おらん（瀬紫）――夏木マリ、上海現地支配人葛里布《かつりふ》――中村嘉葎雄。とまあこういった処《ところ》が頭に浮びますが、読者諸賢には如何《いかが》でしょうか。監督ですか、もちろん私がやりたいですね、ビートたけし作品のむこうをはって面白い娯楽時代劇に仕上げます。

そうそう脚本は佐伯泰英師にお願いして……

『上海』では座光寺藤之助は、恋人高島玲奈と共に活躍します。藤之助とそれを助ける玲奈が、異国上海《シャンハイ》へ派遣された目的は、密かに上海に渡り日本の商社を開いたにもかかわらず、大金を持参したまま消息を絶った長崎奉行所産物方岩城和次郎、同行した通訳で中、英、蘭など数ヵ国語に精通した通詞方《つうじがた》で長崎会所《かいしょ》の一員でもある石橋継種《いしばしつぐたね》、この両名をさがし出して、大金の行方をつきとめることにあります。その陰にちらちらする中国結社や宿敵おらん、異国上海での探索はこの上もない苦労、心理作戦、数々の修羅場が待ってます。例えばその内の一つ。

ジャーディン・マセソン商会上海支店の地下射撃場兼武道場にあるすべての人は二人の対峙《たいじ》に身動き一つできなかった。

ふうっ

と長い息を劉《りゅう》が吐き、半歩間合いを詰めた。そして、停止した。

直後、巨岩が崩れ落ちる勢いで劉が踏み込んできた。

藤之助も初めて動いた。

両者の踏み込みで間合いが一気に縮まり、薙刀《なぎなた》の刃《やいば》が藤之助の肩口を袈裟《けさ》に狙った。

刃風を感じながら藤之助は薙刀の千段巻を叩《たた》いた。刃が流され、鐺《こじり》が藤之助の下半身を襲った。

接近戦に入った藤之助に対して劉宗全《そうぜん》は薙刀の刃だけではなく鐺を利用して長大な得物の欠点を補った。

藤之助は刃を受け、鐺を流して劉の攻撃を避け続けた。

木刀が刃の鎬《しのぎ》に合わされ、柄を叩く度《たび》に、

かんかーん

と乾いた音が響いた。

その間隔が段々《だんだん》と短くなり、藤之助は間近に劉の弾む息を聞いていた。美髯《びぜん》が靡《なび》き、刃がきらきらと眼前に躍った。

ジャーディン・マセソン商会とは英国人による上海の交易会社で、軍艦から阿片《アヘン》まで扱っている陰の大商社。長崎から派遣されていた岩城が出入りしていた商社で、藤之助と玲奈はその消息をたずねて訪れると、強敵中国武術の士と藤之助は試合をするはめになってしまうのである。もちろん藤之助は木刀で青龍刀《せいりゆうとう》、矛《ほこ》、棍棒《こんぼう》等を得物とする中国武術家達を秘剣天竜暴れ水で打ちすえ、ラストに残った薙刀の巨漢との勝負に臨むことになるのです。

他にも佐伯作品の闘いの見せ場は、阿蘭陀《オランダ》軍艦船上の銃剣術兵三十余人の闘い、上海城内での藤之助、玲奈対老陳《ろうちん》とおらん一味との銃撃戦等、手に汗かくシーンのいとまがない。

そして、その凄まじい場面を引立てているのが藤之助、玲奈のとろけるようなめくるめく愛のシーンなのです。読みすすんでいて本当にうらやましい限りなのですが……

突然、玲奈が藤之助の顔を引き寄せ、唇《くちびる》を奪った。藤之助もお返しに舌先を玲奈の唇に入れた。それを玲奈の舌先が絡め取った。

激しくも欲望の炎が掻《か》き立てられた。（中略）

「これがお祝いか」

バスタブの中で玲奈の両足が広げられ、藤之助の怒張したものが玲奈の秘部へと繋みをゆっくり分けて入っていく。

あああっ

玲奈の念願が叶《かな》い藤之助と一緒に上海に立つことが出来た祝いのラヴシーンなのですが、藤之助の剣技に加えての艶《つや》やかな場面では、玲奈がいつもリードして物語の安息場になっているのです。

通詞方石橋継種と争ったことにし、老陳、おらんと結びつき巨利を目論《もくろ》んでいた岩城和次郎には、そのことをつきとめた座光寺藤之助との決闘が待っています。

さあ上海に世界をみた藤之助と玲奈のその後の活躍は？

私はもうこの二人の行く末に目が離せません。

英吉利人《イギリス》が清国に運ぶ阿片は亡国の民たちを増やし、中国植民地化と老朽化した武器の取引を欧米列強はねらいます。刀から銃へと変りゆく時代にものいうのは何か、座光寺藤之助は何を学びどう生きてゆくのだろうか、とても関心があります。

今の時代、日本の背骨になるような、偉大な日本人、藤之助のような人物はいなくなってしまいました。たくましく、りりしく、奥床しく、やさしく、礼儀正しく、国を想うサムライ、現代にこそ座光寺藤之助の出現を渇望してやまない私です。

明治時代までは偉大な日本人はたしかにいました。十九世紀から二十世紀の世界は白人でなくては人にあらずの時代で、東南アジアを植民地化して有色人種は家畜のように追いちらされた時代でした。その中でアジアの人々の心に独立の火を点《とも》したのが日露戦争での日本の勝利です。小国日本が大国ロシアに勝つ、世界が瞠目《どうもく》しました。

何故《なぜ》日本が世界一の陸軍国ロシアに大勝利したのかと、二十六代アメリカ大統領セオドア・ルーズベルトは大使を派遣して調査し、ゆきついたのが新渡戸《にとべ》稲造《いなぞう》の武士道の本だったそうです。日本国のまとまりは武士道の中心帰一の思想にあると。

これを聞いた聡明なルーズベルトは「合衆国アメリカには不動のものがない、考えに考えた末に、星条旗に忠誠を誓う大国アメリカを作っていった。アメリカをアメリカたらしめたのは日本の武士道であることを知るべし。」(花園神社社報、平成二十年二月号)

と合気道、佐々木の将人《まさんど》師範が書いておられます。

それにしても座光寺藤之助は、素晴しい恋人高島玲奈とタッグを組んで、これからどこへ出掛けてゆき、世界を見聞してくるのでしょうか、その二人に迫る、おらんと老陳の黒蛇頭一味。天敵おらんはそのおそるべき昆虫的触角をもって強敵を送り込み、藤之助、玲奈を悩ますでありましょう。

次巻が待たれます！

本書は文庫書下ろし作品です

|著者|佐伯泰英　1942年福岡県生まれ。闘牛カメラマンとして海外で活躍後、国際冒険小説執筆を経て、'99年から時代小説に転向。迫力ある剣戟シーンや人情味ゆたかな庶民性を生かした作品を次々に発表し、平成の時代小説人気を牽引する作家に。文庫書下ろし作品のみで累計2000万部を突破する快挙を成し遂げる。「密命」「居眠り磐音江戸双紙」「吉原裏同心」「夏目影二郎始末旅」「古着屋総兵衛影始末」「鎌倉河岸捕物控」「酔いどれ小籐次留書」など各シリーズがある。講談社文庫では、『変化』『雷鳴』『風雲』『邪宗』『阿片』『攘夷』に続き、本書が「交代寄合伊那衆異聞」シリーズ第7弾。

上海《しゃんはい》　交代寄合伊那衆異聞《こうたいよりあいいなしゅういぶん》

佐伯泰英《さえきやすひで》



講談社文庫
定価はカバーに
表示してあります

2008年4月15日第1刷発行

発行者――野間佐和子
発行所――株式会社　講談社
東京都文京区音羽2-12-21　〒112-8001
電話　出版部（03）5395-3510
　　　販売部（03）5395-5817
　　　業務部（03）5395-3615

デザイン―菊地信義
本文データ制作―講談社プリプレス制作部
印刷―――中央精版印刷株式会社
製本―――中央精版印刷株式会社

Printed in Japan

落丁本・乱丁本は購入書店名を明記のうえ、小社業務部あてにお送りください。送料は小社負担にてお取替えします。なお、この本の内容についてのお問い合わせは文庫出版部あてにお願いいたします。

ISBN978-4-06-276034-8

# 講談社文庫刊行の辞

二十一世紀の到来を目睫に望みながら、われわれはいま、人類史上かつて例を見ない巨大な転換期をむかえようとしている。

世界も、日本も、激動の予兆に対する期待とおののきを内に蔵して、未知の時代に歩み入ろうとしている。このときにあたり、創業の人野間清治の「ナショナル・エデュケイター」への志を現代に甦らせようと意図して、われわれはここに古今の文芸作品はいうまでもなく、ひろく人文・社会・自然の諸科学から東西の名著を網羅する、新しい綜合文庫の発刊を決意した。

激動の転換期はまた断絶の時代である。われわれは戦後二十五年間の出版文化のありかたへの深い反省をこめて、この断絶の時代にあえて人間的な持続を求めようとする。いたずらに浮薄な商業主義のあだ花を追い求めることなく、長期にわたって良書に生命をあたえようとつとめるところにしか、今後の出版文化の真の繁栄はあり得ないと信じるからである。

同時にわれわれはこの綜合文庫の刊行を通じて、人文・社会・自然の諸科学が、結局人間の学にほかならないことを立証しようと願っている。かつて知識とは、「汝自身を知る」ことにつきていた。現代社会の瑣末な情報の氾濫のなかから、力強い知識の源泉を掘り起し、技術文明のただなかに、生きた人間の姿を復活させること。それこそわれわれの切なる希求である。

われわれは権威に盲従せず、俗流に媚びることなく、渾然一体となって日本の「草の根」をかたちづくる若く新しい世代の人々に、心をこめてこの新しい綜合文庫をおくり届けたい。それは知識の泉であるとともに感受性のふるさとであり、もっとも有機的に組織され、社会に開かれた万人のための大学をめざしている。大方の支援と協力を衷心より切望してやまない。

一九七一年七月

野間省一

坂上弘

# 田園風景〈野間文芸賞〉

解説=佐伯一麦　年譜=田谷良一

明瞭な日常風景が、抽象世界へと転化し、人間の存在が、描かれる風景に同化吸収されてゆく。独得の世界を展く傑作短篇小説集。表題作等全九篇。野間文芸賞受賞。

さG2
978-4-06-290010-2

宇野千代・中里恒子

# 往復書簡

解説=金井景子

強烈な個性と独自の作風を誇る二人の代表的女性作家の間で交わされた八十通の書簡。互いの作品評から文学論、さらには生活スタイルまで、魅惑的な言葉の饗宴。

うA4
978-4-06-290009-6

土門拳

# 風貌・私の美学　土門拳エッセイ選

解説=酒井忠康　年譜=酒井忠康

昭和の写真界をリードし、達意の名文家でもあった土門拳の肖像写真に添えた撮影記、伝統美を論じた美術論、写真論等、日本と日本人の心を追い求めたエッセイ集。

とE1
978-4-06-290011-9

## 講談社文庫　目録

司馬遼太郎　新装版 王城の護衛者
司馬遼太郎　新装版 妖　怪 (上)(下)
司馬遼太郎　新装版 風の武士 (上)(下)
司馬遼太郎／海音寺潮五郎　新装版 日本歴史を点検する
司馬遼太郎／井上ひさし　新装版 国家・宗教・日本人
司馬遼太郎／陳舜臣／金達寿　歴史の交差路にて〈日本・中国・朝鮮〉
柴田錬三郎　岡っ引どぶ 正・続〈柴錬捕物帖〉
柴田錬三郎　お江戸日本橋 (上)(下)
柴田錬三郎　三　国　志〈柴錬痛快文庫〉
柴田錬三郎　江戸っ子侍 (上)(下)
柴田錬三郎　貧乏同心御用帳
柴田錬三郎　新装版 岡っ引どぶ〈柴錬捕物帖〉
柴田錬三郎　新装版 顔十郎罷り通る (上)(下)
城山三郎　ビッグボーイの生涯〈五島昇その人〉
城山三郎　この命、何をあくせく
白石一郎　火　炎　城
白石一郎　鷹ノ羽の城
白石一郎　銭　の　城
白石一郎　びいどろの城

白石一郎　庖丁ざむらい〈十時半睡事件帖〉
白石一郎　観音妖女〈十時半睡事件帖〉
白石一郎　刀〈十時半睡事件帖〉
白石一郎　犬を飼う武士〈十時半睡事件帖〉
白石一郎　出世長屋〈十時半睡事件帖〉
白石一郎　おんな舟〈十時半睡事件帖〉
白石一郎　東海道をゆく〈十時半睡事件帖〉
白石一郎　海よ島よ〈歴史紀行〉
白石一郎　乱世を斬る〈歴史エッセイ〉
白石一郎　海　将 (上)(下)
白石一郎　蒙古襲来〈海から見た歴史〉
志水辰夫　帰りなん、いざ
志水辰夫　花ならアザミ
志水辰夫　負　け　犬
新宮正春　抜打ち庄五郎
島田荘司　占星術殺人事件
島田荘司　殺人ダイヤルを捜せ
島田荘司　火　刑　都　市
島田荘司　網走発遙かなり

島田荘司　御手洗潔の挨拶
島田荘司　死者が飲む水
島田荘司　斜め屋敷の犯罪
島田荘司　ポルシェ911《ナインイレブン》の誘惑
島田荘司　御手洗潔のダンス
島田荘司　本格ミステリー宣言
島田荘司　本格ミステリー宣言II〈ハイブリッド・ヴィーナス論〉
島田荘司　暗闇坂の人喰いの木
島田荘司　水晶のピラミッド
島田荘司　自動車社会学のすすめ
島田荘司　眩（めまい）暈
島田荘司　アトポス
島田荘司　異邦の騎士
島田荘司　改訂完全版 異邦の騎士
島田荘司　島田荘司読本
島田荘司　御手洗潔のメロディ
島田荘司　Ｐの密室
島田荘司　ネジ式ザゼツキー
島田荘司　都市のトパーズ2007

## 講談社文庫　目録

島田荘司　21世紀本格宣言
塩田　潮　郵政最終戦争
清水義範　蕎麦《そば》ときしめん
清水義範　国語入試問題必勝法
清水義範　永遠のジャック&ベティ
清水義範　深夜の弁明
清水義範　ビビンパ
清水義範　お金物語
清水義範　単位物語
清水義範　神々の午睡(上)(下)
清水義範　私は作中の人物である
清水義範　春高楼の
清水義範　イエスタデイ
清水義範　青二才の頃〈回想の'70年代〉
清水義範　日本ジジババ列伝
清水義範　日本語必笑講座
清水義範　ゴミの定理
清水義範　目からウロコの教育を考えるヒント
清水義範　世にも珍妙な物語集
清水義範　ザ・勝負
清水義範　清水義範ができるまで
清水義範・西原理恵子・え　おもしろくても理科
清水義範・西原理恵子・え　もっとおもしろくても理科
清水義範・西原理恵子・え　どうころんでも社会科
清水義範・西原理恵子・え　もっとどうころんでも社会科
清水義範・西原理恵子・え　いやでも楽しめる算数
清水義範・西原理恵子・え　はじめてわかる国語
清水義範・西原理恵子・え　飛びすぎる教室
椎名　誠　フグと低気圧
椎名　誠　犬の系譜
椎名　誠　水域
椎名　誠　にっぽん・海風魚旅〈怪し火さすらい編〉
椎名　誠　くじら雲追跡編〈にっぽん・海風魚旅2〉
椎名　誠　小魚びゅんびゅん荒波編〈にっぽん・海風魚旅3〉
椎名　誠　もう少しむこうの空の下へ
椎名　誠　モヤシ
椎名　誠　アメンボ号の冒険
椎名　誠　風のまつり
東海林さだお・椎名誠　やぶさか対談
島田雅彦　フランシスコ・X
島田雅彦　食いものの恨み
真保裕一　連鎖
真保裕一　取引
真保裕一　震源
真保裕一　盗聴
真保裕一　朽ちた樹々の枝の下で
真保裕一　奪取(上)(下)
真保裕一　防壁
真保裕一　密告
真保裕一　黄金の島(上)(下)
真保裕一　発火点
真保裕一　夢の工房
真保裕一　灰色の北壁
周大荒・渡辺精一訳　反三国志(上)(下)
篠田節子　贋《がん》作《さく》師《し》
篠田節子　聖域
篠田節子　弥勒

# 講談社文庫　目録

# 講談社文庫 目録



2008年3月15日現在